おとなになるって
どんなこと？

吉本ばなな　Yoshimoto Banana

★――ちくまプリマー新書
238

目次＊Contents

装画・挿画：後藤朋美（Gotton）

まえがき

はじめに謝辞を……

この本ができるまで、私を信じて根気強く待ってくださった筑摩書房の鶴見智佳子さん、ありがとうございました。実現すると必ず信じていましたので、ただそこで静かに待ってくださったことがいちばんのはげみになりました。

その生き方も姿もとにかく大好きな後藤朋美さん、絵を描いてもらえて、ほんとうに嬉しい！

迷いなく幸せを描くことだけが現代における芸術家の真の反逆だと私は信じています。そういう意味で後藤さんは離れていても私にとって大切な仲間なのです。

本を創る作業をずっと手伝ってくれた吉本ばなな事務所のみなさん、いつもありがとう。


今からたくさんすぎるほどの言葉を本文で伝えていきますけれど、たったひとつ言いたいことは、

「大人になんかならなくっていい、ただ自分になっていってください」

ということです。それがみなさんがこの世に生まれてきた目的な

のです。

どうか、それをふまえて読んでみてください。

今はまだむつかしく思えるところがあっても、いつか思い出してください。きっとこの本は遠い将来までみなさんの力になれると思います。

気持ちがぶれてしまったときや自分でも自分が信じられないほどに落ちこんでしまったとき、この本を手にとりしばらく読み返せばいつのまにか自分の内面が調律できる、もとの軸に戻れる。

そういうお守りみたいな本が作りたかったです。

おまじないをいっぱいかけて、ほんとうにお守りを創るように創った本です。

まだ年齢的には子どものみなさんや、もう大人になっているけれど自分の中の子どもを大切に抱いているみなさんの、眠れない夜にこの本が寄り添ってくれますように、願いをこめて…！

吉本ばなな

二〇一五年初夏

第一問　おとなになるってどんなこと？

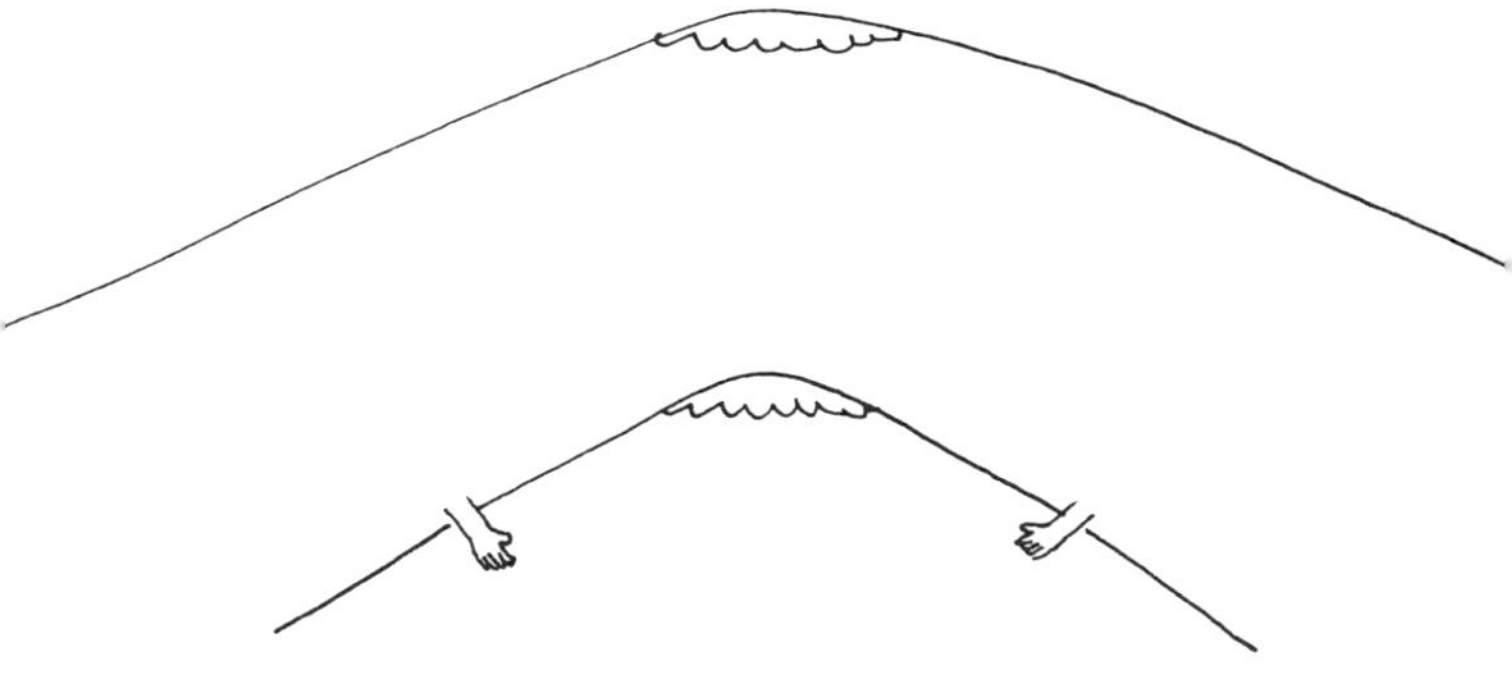

私が初めて大人になったと思えた瞬間を、私ははっきりと覚えています。
それは情けないことにそうとう遅く、中学生のときでした。

私の子ども時代は、周囲にたくさんの愛情深い人たちがいたことはとても幸いでしたが、けっこう過酷なものでした。
目に軽く障害があったことも、母が体調を崩してから高齢出産で生まれた子どもであったことも、繊細な感受性を持つ私にとっては大変なことでした。母は愛情深く陽気な人ではありましたが体力がなく、私を産んでからはもうほとんど子育てができないくらいの状態だったのです。

その中を生き抜いてきたせいか、私にはものすごく図太いところと繊細なところが変なふうに同居しています。それから傍若無人《ぼうじゃくぶじん》なところと、人の顔色をよく見ているところもおかしな配分で混じっています。

それは私の子ども時代のサヴァイバルに関係した特徴的な性格で、昔も今も変わりません。

人間は、小さい頃から実はそんなに変わらないものなのです。だから人生はいいものなんだけれどね！

大人になった後は、子ども時代を取り戻して本来の自分に戻っていくことがいちばん大切です。

いったん大人になってから、あらゆる場面で最も必要とされるのが子ども時代の感覚なんです。それだけが人生を進むための羅針盤なのです。どの職業の人でもどの年齢でも変わりません。

ただ、子ども時代に体験したことの価値や、自分がもともと持っているものの重要さというものは、いったん大人になってからでないと全く意味をなさないので、人生ってほんとうによくできているなあと思います。

今思うと、中学生のときの私は一種の鬱状態にあったんだと思います。

母親代わりに私の面倒を見ていてくれた姉が京都の大学に進学して家を出たのが落ち込みのきっかけでした。

姉が旅立つ前の日、大泣きしていっしょに寝てもらったことを覚えています。姉にとってはそれは自由への楽しい門出でしたが、私にとっては保護者を失うに等しい恐ろしい状況だったのです。

私と同じく姉っ子（笑）だった母は淋《さび》しさのあまり、どんどん心を閉ざしていきました。

父はやっと子どもが自立の年齢に入ったことで、仕事に没頭できる時期に入っていました。

姉はこれまでと違い私と共通ではない自分だけの友だちを作り、自分の世界を楽しむことを始めました。私が淋しいのに姉は楽しくなっていっている、その事実もまだ幼い私には受け入れがたいものでした。

今だったら祝福してどんどん応援してあげられたのに、と切なく思います。

その上小学校四年から毎日いっしょに遊んでいた私の親友は、クラスが変わったことで、別の友だちと親しくなり始めました。

その時期の私は、生まれて初めて、ほんとうに淋しい状態になったのです。

それまでは学校でいやなことがあっても、家に帰れば同じ部屋に姉がいて、おやつを食べたり散歩したり、姉の聴いている深夜ラジオの音を聴きながら安心して寝たり、そういうことが私を癒していました。でも、全てがなくなって暗い部屋にいきなりひとりになったのです。

しかし、やはりあの淋しさには意味がありました。あれを味わったからこそ、そのあとに大人になれたんだと思います。

辛《つら》いことは、その場ではほんとうに辛いし自分を深いところまでゆがめるけれど、あとで必ずなにかの土台になります。そう思って辛抱するしかないんです。ポジティブ思考でも立ち向かえないし、ないことにもできません。みじめでちっぽけな自分と向き合い、砂を噛《か》むみたいな毎日はきっと人生に必須な科目なんですね。

でも、私もそのときはまだ大人になれませんでした。ただ淋しさに溺れて、息もできない状態になりました。

それでも自分で友だちを作り、毎日をなんとか切り開いて行きました。それはたいへんなエネルギーを必要とすることだったのでいろんなことが面倒くさくなり、ある意味全てに関して受け身の状態になりました。自分で考えるよりもなんとか目の前のことをこなすので精一杯

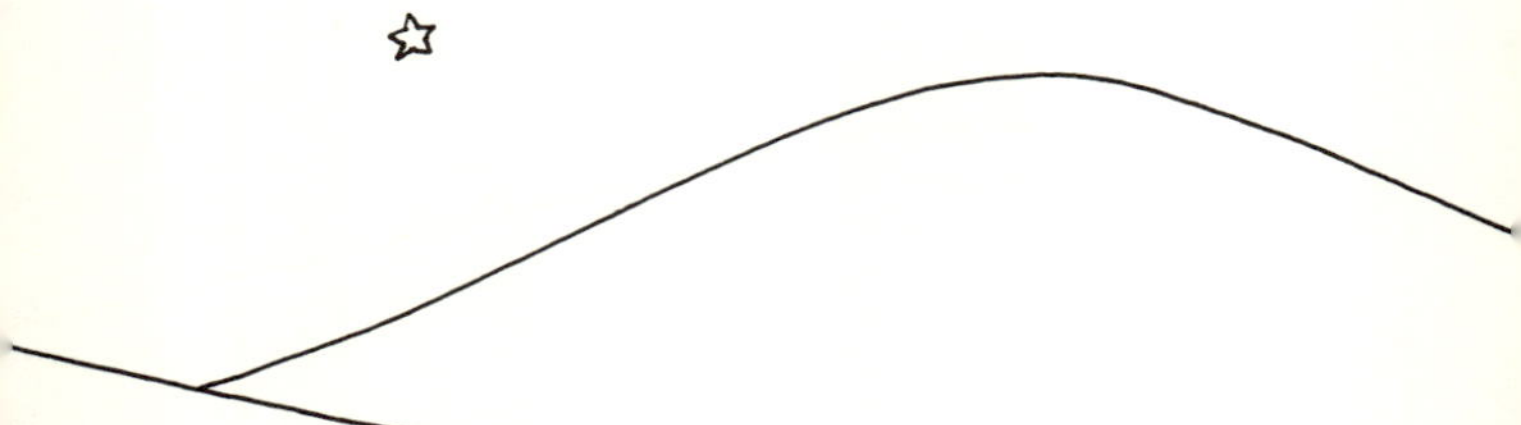

だったのかもしれません。

私はその当時母の親友に英語を習っていたのですが、それがまたうちから遠くて、たいへんでした。毎週千駄《せんだ》木《ぎ》から武蔵小《むさしこ》金井《がねい》まで一時間かけて通っていたのです。

みんなと遊びたい土曜日の夕方にひとりで武蔵小金井に行って、二時間英語を習って、夜ひとりで帰ってくる……それがけっこうしんどくて、でも、やめたいなんて言えるはずもなく、ただだらだらと通っていました。

今の私なら買い食いをしたりお茶したり、書店に寄る口実にしたりしていろいろ楽しめると思うのですが、その頃の私にはそんな余裕はありませんでした。

そもそも基本的に鬱状態だから動くのもいやだし、眠くて眠くてしかたありません。

もうどうしようもなく辛くて、ある英会話の日、おやつを食べた後、私は眠りこんでしまいました。

母の親友はさすがに怒って、ずっと寝てるなら英語もできないんだし帰りなさい、と言いました。怒る気持ちはよくわかりましたが、私の心は助けを求めて叫んでいたのです。

こんなに辛いのに、なぜ怒られるんだろう？　と思いました。

でも、母の親友にしてみたら、英語を勉強してほしくていろいろ準備しているのに、私はどうしても眠ってしまうんだから、怒るに決まっています。

もしも私が大人だったら「他にすることがたくさんあり、こんなに遠くに通うのに準備できない日もあるし、体調が悪い日もあります。こういうときは前日にちゃんと電話して休ませてくださいと言いますから、今日はほんとうにごめんなさい」と説明するでしょう。

でも、そのときは子どもすぎて説明のしかたがわからず、それを教えてくれる人も周りにいなかったので、なにも言えなかったのです。

なんとか起きてその日の勉強をこなして、そしてとても傷ついた気持ちで帰りました。傷ついた気持ちを持つ権利はないような気もするが（笑）、私が母の親友に甘えていた分、理解してもらえないことが辛かったんだと思います。

そういう勝手な状態になるのがまさに思春期です。親や周囲からしてみたら、心を開いて、なにに傷ついているか言ってくれればなんでもないのに、と思います。でも、本人にとって、それはいちばん言えないことなのです。それを言ったら自分が終わってしまうくらいの重いことなのです。

その周囲と自分の感じ方とのギャップも思春期の特徴

かもしれないです。

この前まで、親の体は自分の体の延長線上にあった。でも、今は違う。急にこころもとなくなった、しかしもうあの子どもの世界にも戻りたくない、そんな感じです。

あまりにも憂鬱な毎日をただくりかえしていたら、私は具合が悪くなってきて、検診で腎臓の機能がよくないということでひっかかりました。わずかだけれど血尿が出ていたのです。それは私の心の叫びを体が代弁してくれたんだな、と今では思っています。

お医者さんというものはいつの世もすごく脅かすものなので、このまま行くと透析だとか、塩分はだめとか、おそろしい話ばかり聞いて、私はいっそう憂鬱になっていきました。

最後の検査の日、私の心は朝から怒り狂っていました。普通なら学校に行ってそれなりに楽しく過ごすはずなのに、学校を休んで、病院に行って、1リットルも水を飲んだり痛い点滴をしたり血を採られたりしなくちゃいけないんですから。

もうひとりひっかかった新谷さんと仲良く検査や点滴を受けていたうちはよかったのですが、新谷さんのほうが若干重い状態だったので検査方法が別々になったりして、最後はひとりになりました。

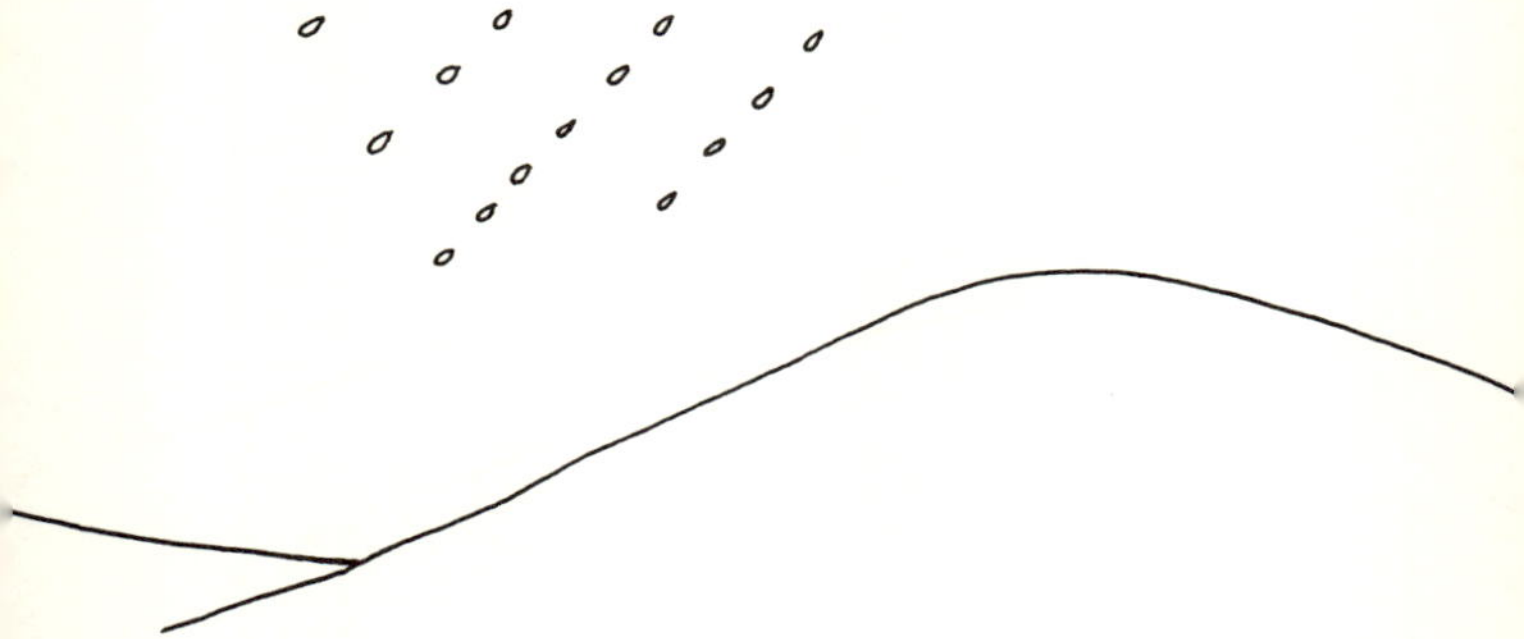

でもまだ中学生だったので、その日は父と、かかりつけのその病院の婦長さんをしていた親戚同然のおばあちゃんがついてきてくれました。そのふたりに対しても、私は多分あまり愛想がよくなかったと思います。

今となっては、中学生にもなって病院くらいひとりで行けと思うのですが、そういうところが父はとても優しかったのです。おばあちゃんも病院のことなら、と快く来てくれたのです。なんてありがたいことだろうと今、いくら伝えてみてもまだ感謝し足りないほどです。

自分のことでいっぱいで感謝にまでは至ることができない、というのも幼い日々の特徴ですね。

検査が全部終わったのはお昼近くで、私はへとへとでした。おそばでも食べて帰ろうということになり、病院の向かいの有名なおそば屋さんに向かうことになりました。

そのとき、突然に病院の出口で私は悟ったのです。

私だけではない、このついてきてくれたふたりにとっても、今日は自分のしたいことができる一日だった。なのに、私のために廊下でずっと待ったり、いっしょに結果を聞いたり、立っていたりしてくれた。私はいっしょに来てくれていることを当たり前だと思っていたけれど、そんなことはない。私を思ってついて来てくれて

いるそのことはとても貴重なことなんだ。

そんなことがいっぺんに丸ごとわかったのです。お父さんはまあ親だから多少は仕方ないにしても、そのおばあちゃんは、茨城《いばらき》から来てくれていた。

私は言葉ではなく、その全部をずとんと感じたのです。

そしておばあちゃんの荷物をさっと持ちました。ものすごく重かったです。これを持ってずっと待っていてくれたのか、とまた思いました。そして私は言いました。

「今日はありがとうございました。おそば屋さんまでせめてお持ちします」

そのときの、父のびっくりしたような顔を忘れられま

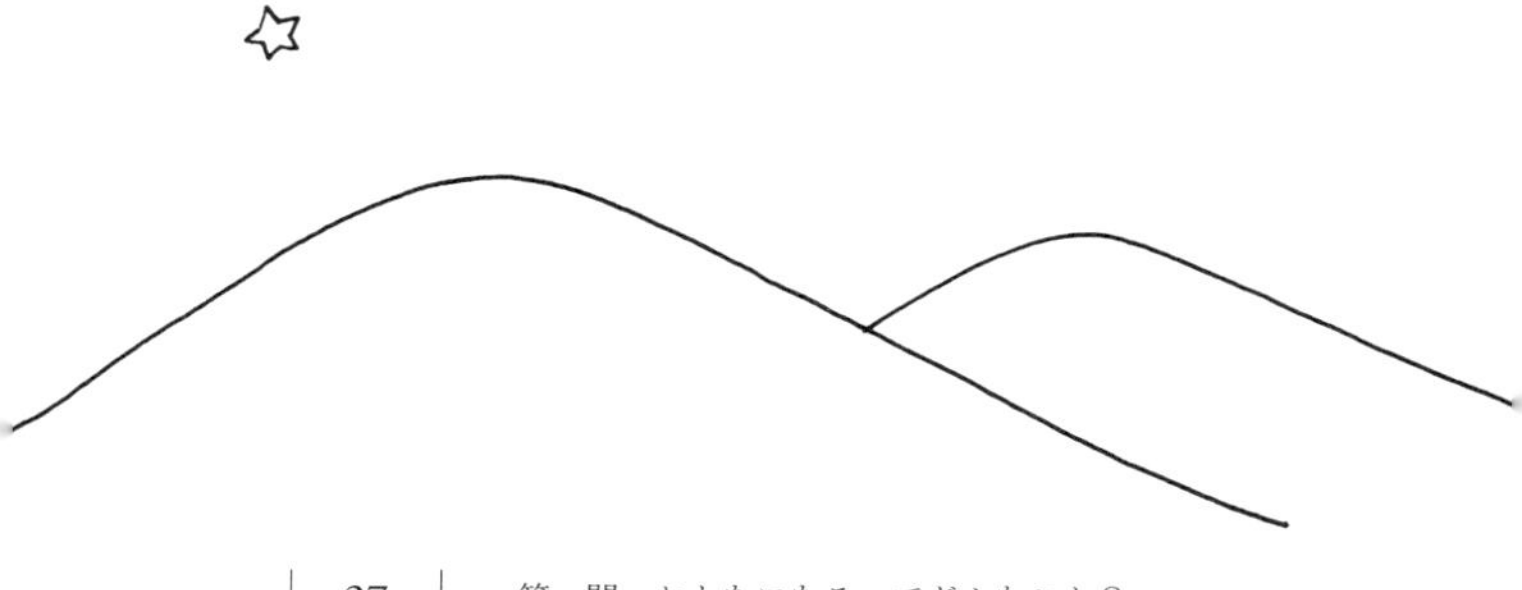

せん。まだ父にお礼を言うほどには大人になっていなかったのですが、気持ちはありました。父にも心からありがたいと思えていました。

そしてみんなでおそばを食べているとき、検査の嫌さや体調の悪さを忘れていることに気づきました。

正しく行動すれば、胸のつかえはなくなる、そう感じました。

それが、私が大人になった瞬間です。

初めてほんとうの意味で他者を思いやった瞬間だし、初めて恥ずかしいとかかっこわるいとか面倒くさいとかいう気持ちを脇に置いて行動したし、自分の置かれている恵まれた環境を客観的に見ることができたときだったのです。

ちなみに、そのおそば屋さんはまだそこにあります。

父が亡くなるとき、その同じ病院に入院していたので、私はそのおそば屋さんに何回か行きました。いつも運転のバイトをしてくれている友だちといっしょでした。私は彼が運転してくれることをやはりありがたく思い、ありがとう、と何回も言えました。そして父にも何回もありがとうを伝えました。

まさか、父が亡くなるときにまで、そのおそば屋さん

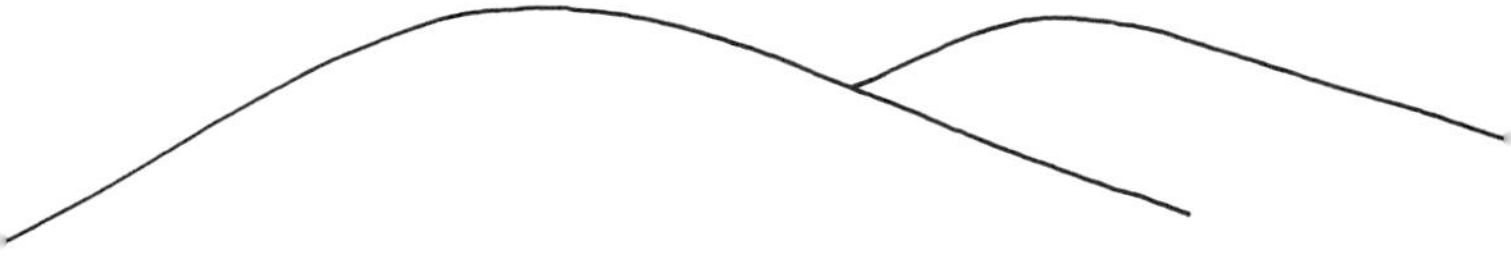

があるとも思っていなかったし、そんな悲しい気持ちであのおいしいおそばを食べに行く日が来るなんて思いませんでした。

そこに行くときは幼い頃からいつだって、父か母といっしょにだれかのお見舞いに行くときだったのですから。

私はもう父や母とここにおそばを食べに来ることは永遠にないんだ。

そう言葉にしてしまったら悲しくてしかたがないから、考えないようにしました。

それはもう私が大人になったからだと思います。

心の中では小さい子どものように泣き叫んで、だだをこねたかったと思いますが、それをじっと内側に秘めていました。

でも、私は思います。

いちばんだいじなことは、自分の中にいる泣き叫んでいる子どもを認めてあげることです。ないことにしないことです。そうすると心の中に空間ができて、自分を大丈夫にしてくれるのです。

どんな年齢になってもそれは同じだと思います。

大人になるということは、つまりは、子どもの自分をちゃんと抱えながら、大人を生きるということです。

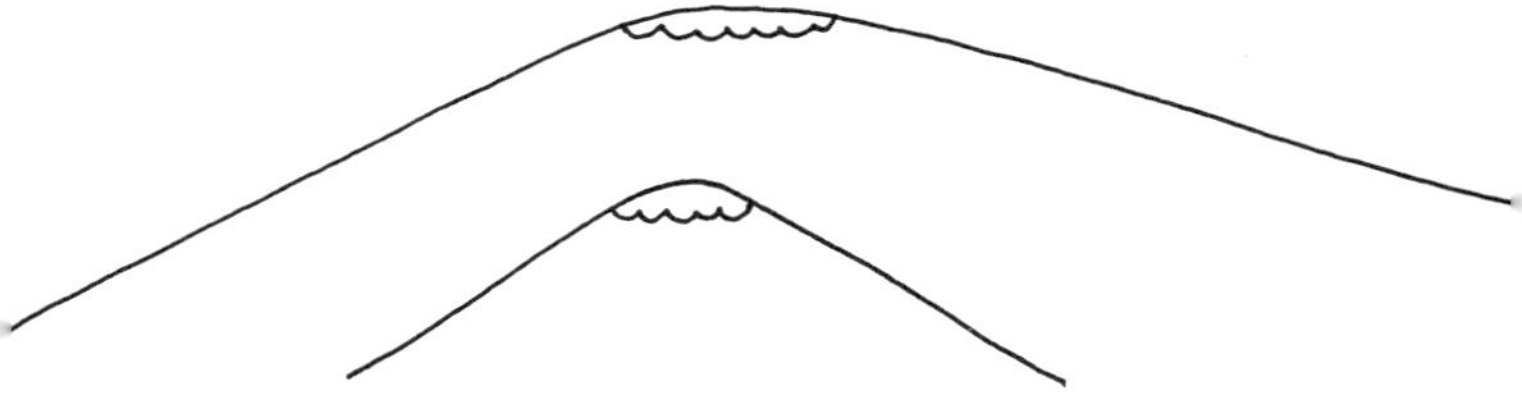

全く別のことですが、大人になるとみんなが「子どもの頃に戻りたい」と言いますよね。

それは、子どもの頃の自分は自分の責任でなにかをしなくてよかったからです。

大人になるとなにごとにも責任やリスクが生じて、その重さで疲れてしまうんですね。

でも、みんなが言う「子どもの頃」っていうのは、きっと子どもだけが持っていたエネルギーや空間の広がりのことだと思うんです。

大人になるといろんなことに慣れてしまったような気がして、ぼんやりする時間が少なくなります。

私はいつも授業中ぼんやり外を見てたり寝たりしていたのですが、あの時間がもたらしてくれた頭の中の空間の広がりを今もはっきり思い出せます。ムダだったり、よくない態度の時間のようですが、意味はあったのです。確かに、しなくてはいけないことが多い大人の生活の中ではあのエネルギーを取り戻すのは困難です。旅行に行って景色でも変えない限り、目の前にあるのは自分が責任を持っている空間ばかりですからね。

子どものようなエネルギーの広がりを持って、大人の自由な決断をすることができたら……そんなふうにいつも願っています。

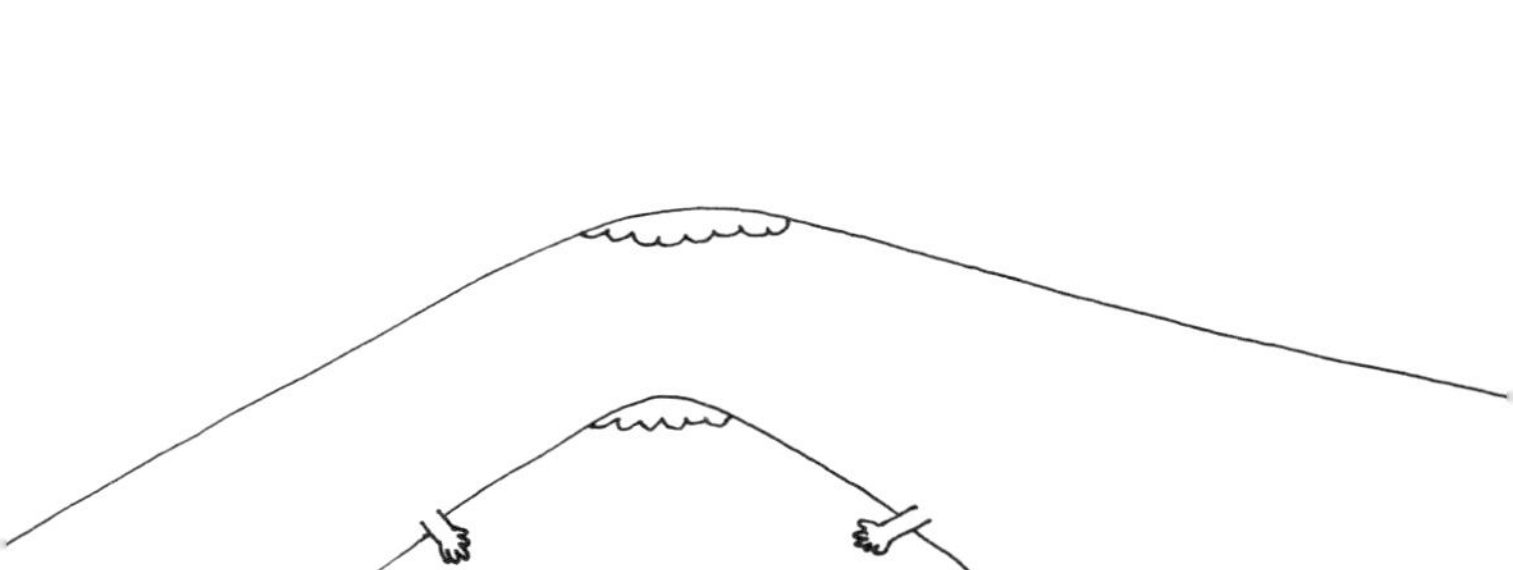

第二問

勉強しなくちゃダメ？

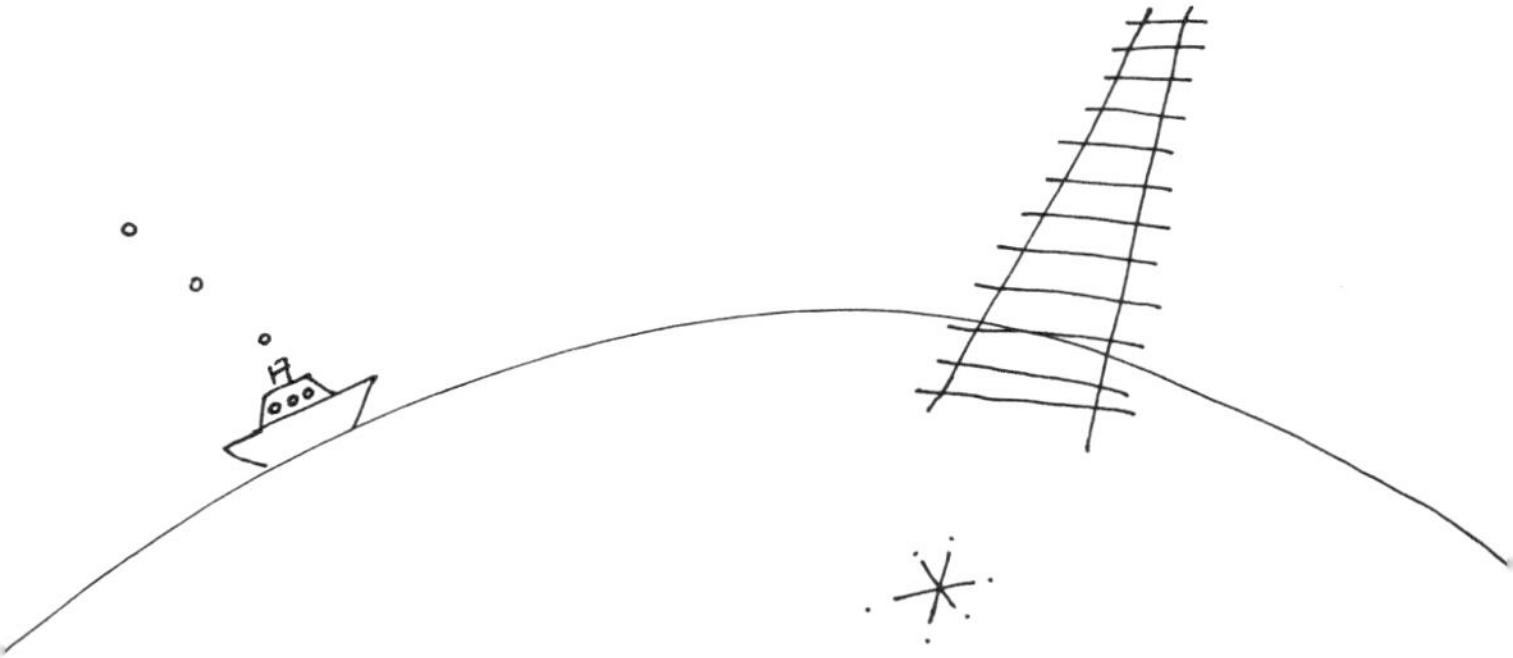

私はある段階から、学校に行っても自分のことだけするようになりました。

だいたい高校生くらいのときだったと思います。

でも学校をやめるわけにもいかないので、しかたないからなんとなく教室に行って、寝たり、自分の小説を書いたり、ちょっとだけ授業のメモを取ったり、読書したり、手紙を書いたり、好き放題にやっていました。

……と書くとなんとなく楽しそうな感じがしますが、学校の先生からしたら静かに他のことをやっているだけに注意のしかたもむつかしく、ほんとうに迷惑な存在だったと思います。何回も怒られましたし、泣かれましたたし、殴られたりもしました。

でも、多分私は限界だったんだと思います。もう無為な時間をやむなく机にしばられて過ごすには大人になりすぎていました。

私は作家になると心に決めていました。作家になるんだから、作家になる勉強に時間を費やしたかったのです。

それが私の勉強でした。そういう意味では、常に勉強をしていないと人は生きていけないような気がします。何か学んでいないときっと人生に退屈してしまうのではないでしょうか？　退屈しのぎのものはこの世にたくさ

ん用意されているけれど、それを探求するのにもつい学んでしまうのが、人というものだと思っています。なんだって自分のしたいことを極めていくことはつまり勉強なのです。

これを言うと教師はみんな「そんなことを言ったって、なれるかどうかわからないんだから、勉強はしておいたほうがいい」という意見か「高校の学力レベルくらいをこなせなくて、作家なんて大変なことができるはずがない」という意見のどちらかを何回も耳にすることになりました。

今はおばさんで厚かましいからなのか、もっと自分の意見を言えるようになったからなのか、理由はさっぱりわからないのですが、私は人間はそんなに器用だったりたくさんのことができる存在ではないように思います。そんなではなくてもいいんじゃないかな、と思っています。

だんだんとハードルを上げていけば、慣れたり、できるようになったりはもちろんします。

それによって信じられないくらいたくさんのことができるようになるので、学校の勉強をしながら作家になるのは全然不可能ではありません。実際、ぎりぎりではありましたが、そうやってちゃんと高校も大学もいちおう卒業しているんだから、なんとかクリアしたのでしょう。

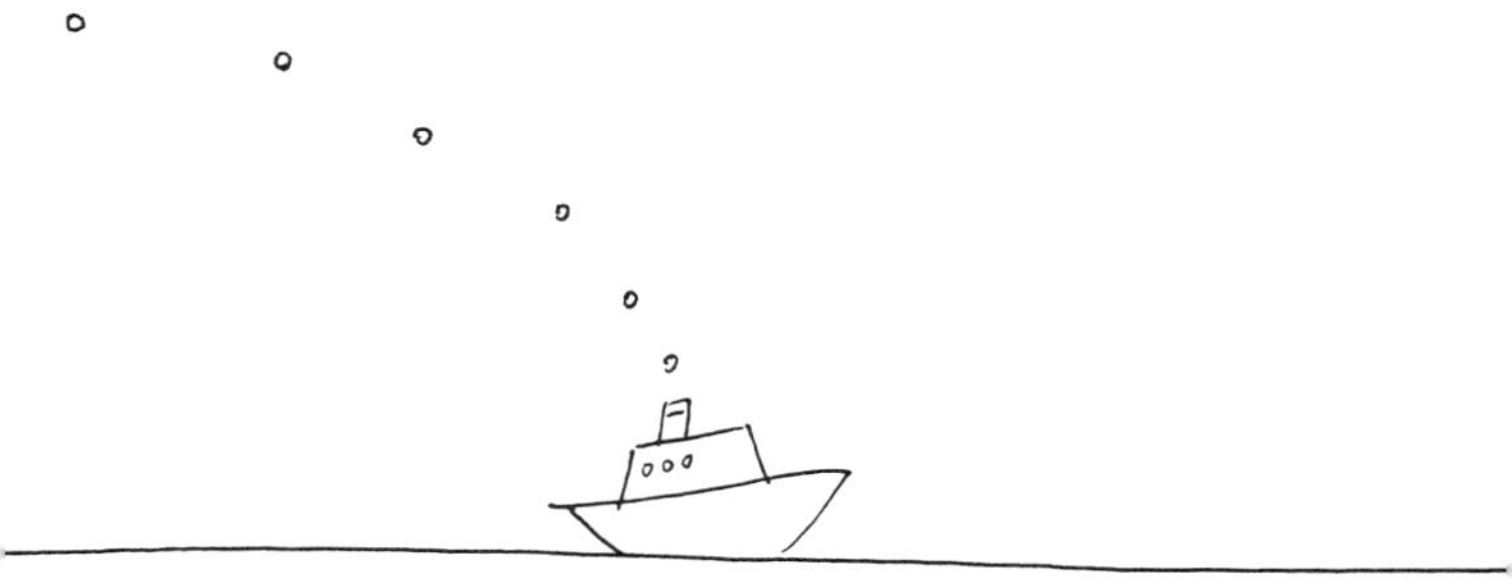

でも、私の情熱の激しさはもう抑えることができないくらいだったんだと思います。

みんなと同じ授業を受け、同じ生活をして、就職を目指す気持ちが全くなかったので、その時間を自分なりに過ごすという抵抗のしかたしかできなかったんです。

そしてほんとうに申し訳ない言い草だし、ひどいと思うのですが、私の興味をひく授業をする先生はほとんどいませんでした。中にはそういう授業もありました。名指しで書くわけにもいかないので具体的ではありませんが、科目に関係なく広い視野でものごとを教えてくれる先生の授業は、どんなに眠くてもやっぱり楽しんで受けていました。

日本の学校では特に、自分が興味を持てなかったりすると、「あんなに先生は一生懸命教えているのに、みんなもちゃんと座って聞いているのに、自分だけ申し訳ない」みたいな気分にしょっちゅうさせられます。

でも、今になって私は確信できます。自分がつまらないと思ったら、それはもうしかたがない、つまらないんだから。そしてその代わり、自分がわくわくするようなものだったら、寝ないででも学ぶべき。それから自分の将来にとって必要な勉強だったら、自分で面白く学べるように工夫しなくてはいけないのだと。

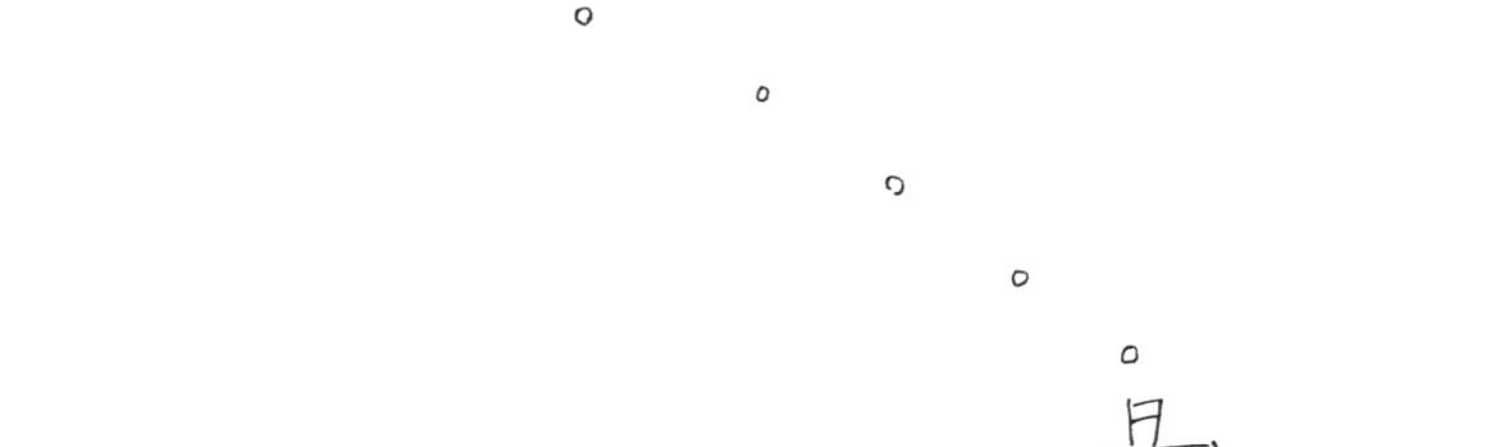

実際、私は高校までドストエフスキーとかトルストイとか夏目漱石《そうせき》とか一切読んでいませんでした。古典の簡単なもの少しと、ミステリとSFとマンガとサガンと太宰《だざい》治と立原正秋《まさあき》ばかり読んでいました。それでも自分が読んだものをイラストにおこしてみたり、感想文を書いたり、自分なりになにかを必死で学んでいました。

そういう意味では人生に学ぶ時間はたくさんあるのです。五十近くなって初めて読んだ古典もたくさんありますし、昔の映画も少しずつ観ています。勉強はいくつになってもできるし、この姿勢は高校のとき、ひとりぼっちで授業中学んでいたあり方と全く変わっていません。

なんだ、あれでよかったんだ、とやっと今自分を肯定できる気持ちです。

本来、人間はなにかを勉強して時間を区切れるものではないし、十分間のやすみ時間のあと急に別のことをできるものでもないと思います。学校というのは社会に順応するための訓練の時間をすごすところなんですよね。

だから、卒業証書がほしいとか、この勉強がしたいからこの学校に入ってあとはまあまあでいい、みたいな場合は割り切っていろいろな時間の使い方を考えるもよし、思いもよらず予想外の勉強にはまってみるもよし、易きに流れてあとでたいへんなことになってもよし、とにかくかっちり考えすぎないのがいいんじゃないかと私は思います。

私は高校のときくらいから、前に書いたように本来ならもうそこでやめていいと思われる授業にあまりにもいやいや参加して、いやでいやでしょうがないのに机にしばりつけられていたトラウマで、今も長い時間同じ場所に座っていることができません。たとえ好きなコンサートやセミナーでも、あの頃を思い出すとぞっとしてしまうのです。よほどいやだったんですね……。

たまに会社に勤めている友だちと旅行して、帰る日の夕方になるとその友だちがもうほとんど泣き出しそうな

くらい元気がなくなるようすを見ると、いつも夏休みの終わりに別れるとき泣きそうだったいとこのことを思い出します。

自由業＝自由ではなく、たくさんの制約があるし保証もなにもないし、私の仕事はほんとうにしんどい仕事なのですが、そういうときだけは、ああ、あのきつい気持ちを日常で持たなくていいというのはなんとすばらしいことだろう、と思います。

うちの子どもは今自由な学校に通っています。学歴はゼロなので後がたいへんだろうと思うのですが、日曜日の晩に「明日学校、楽しみ！　休みの日も楽しみだし学校もみんなに会えるから楽しみだし、ほんとうに幸せ」と言っています。後でどんなに苦労しようとも、一度しかない子ども時代にこんなことが言えるなんてもうそれだけでいい、と私はつい自分と比べて思ってしまいます。

この間も会社勤めの友だちとの旅行から帰ってきて、私までちょっと月曜日が憂鬱なようなどんよりした気持ちになっていたのですが、家のドアを開けたら子どもがげらげら笑いながらiPadで「事故物件サイト」を観ていて、そのあまりの自由さに言葉を失いました。

人によっては私のこの親としてのあり方を批判するかもしれないし、うちの子どもだって将来「やっぱり自由

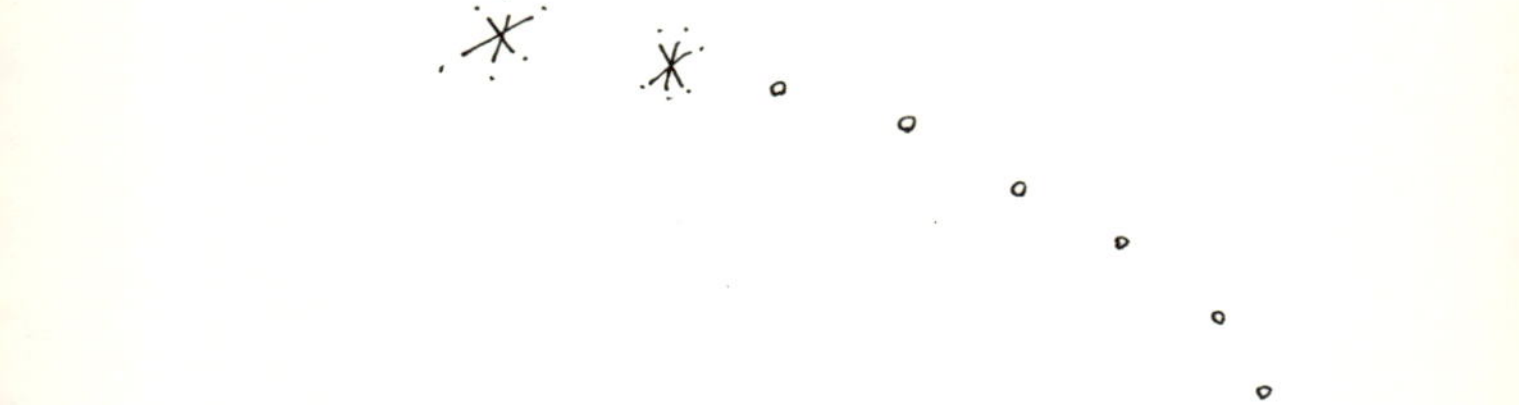

なんて子どもには与えちゃだめだったよ」っていうことになるかもしれないのですが、あの笑顔を思うと、今はこれでいい、ゆっくり育ってくれ、何回でもやり直していいから、人生を楽しいと感じてくれ、と思います。

楽しさの中のたいへんさ（自分で決める、早起きの日がある、歳上の友だちと遊ぶのでついていかなくてはいけないなど）に関しては苦労をいとわないようなので、どうかそのまま行ってくれ、と願うばかりです。

そしてこれを読んでいるみなさんが少しでも「自分の人生は自分のもの、限られた自由な時間しかなくても、そこは自由に動きたい」と思ってくれれば嬉《うれ》しいです。

第三問

友だちって何？

たくさんの時間を共有して、お互いの匂いやいやなところを知っている体の言葉と、精神的に同じ価値観を共有している精神の言葉と、両方を備えていないと友だちとは呼べないと私は思っています。

それとは別に、そのどちらかだけを共有している「昔の友だち」「仲のよい知り合い」「特定のこれに関しての仲間」という関係もあるように思います。

☆

「作家仲間」なんていうのはまさに最後のもので、お互いの作品を読めば深いところまで理解し合えるので、しょっちゅう会わなくてもいいんです。どんな友だちよりも深くわかりあっていたりします。同業の人って多かれ少なかれそういうものなのではないでしょうか。

そして最初の、ほんとうに友だちと呼べる関係になるには、長い時間がかかると思っています。

だから人生の中でそんなにたくさんの友だちができるはずがありません。

恋愛と置き換えるととても簡単なことですが、毎日のように会っていても、たとえその人とセックスしていても、お互いが「あなたがとても好きです、恋人と呼んでもいいですか?」と約束を交わさないと恋人とは呼べませんよね。

同じく、友だちとは、長い長い時間を共有して、けんかしたり、仲直りしたり、あるいはお互いのいやなところに目をつぶったり……そんなくりかえしの後でお互いが「オレら友だちだよな、なにかあったら助けるよ、多少時間を取られても、迷惑を被っても」と言い合えるし、そのことを他の人に知られてもいい、そういうものだと思います。

また、他の人があなたを悪く言っているときに、その人は必ずあなたをかばってくれる、それも友だちの大事な要素だと思います。

さらには、あなたがちょっと多くの人には言えないような特殊な意見を口にしたとき、たとえ同感でなくても聞いてくれる、そのあとにちゃんと「そこは同感でないけど、そう言ってる君のことを理解はできる」そんなことをちゃんと告げてくれる、それも友だちだと思います。

私はひとりでもいいや、でも、いてくれたらもっと楽しいよ。

そう思えるくらいの生き方をするのが私は理想です。

それから最後に、友だちと特に呼び交わしていなくても、同じ教室の近くの席にいてそんなにしゃべらないのになんとなくお互いを心強く思っていたり、大人になって職場の部署が違うのになにかを主張したときに同じ意見を持っている人として名前があがって、卒業したり辞めてしまったりしたとき初めて、ああ、あの人に助けられていたなあと思うような、そんな豊かな形の人間関係だってこの世にはあるんです。

友だちをぐいぐい求めていかなくても、きっとそういうものが救ってくれるような、心に余裕のある自分でいたいなとも思っています。また、だれかにとってたとえ近くにいなくてもそういう存在でありたいと思います。

☆

歳を取ってくるなかで、いろいろな体験をしました。

ある時期、毎日のようにいっしょにいた友だちがいます。仕事も手伝ってもらっていたし、子育てもうんと手伝ってもらいました。

なのに、あるときからどうにも、会うことさえなくなってしまったのです。

きっかけはもちろんありました。その友だちに結婚相手が現われ、彼も仕事が忙しかったので彼女に手伝ってもらいたくて、私の家で多くの時間を費やすことができなくなってしまったのです。

幸せに離れていったのだからいいや、と少し淋《さび》しいながらも、私は思っていました。

しかし、なぜだろう？　と思うんだけれど、その子と私は、ほんとうの友情を結んでいたつもりでいたのに、たまに会うことさえもしなくていいという気持ちなのです。

☆

自分でも、これはほんとうに不思議でした。

彼女の姿を見ないと淋しくてしかたがなかったし、何かあったら彼女にしゃべりたくてしょうがなかったのに、今はそういう気持ちがわいてこないのです。

もしかしたら、木から熟れた実が自然に落ちるように、私たちの友情は芽吹いた時から時を重ね、自然に、終わったのかもしれないな、そう思います。あるいは毎日のようにいっしょにいすぎたのかもしれません。

　少しだけ淋しく思うのは、もしも私たちの友情が終わっていなかったとしたら、私たちは今も会ったりお酒を飲んだりして、たまにむりやりに時間を作ってでも会っていただろうな、ということです。きっと会いたくてしかたなかったでしょう。

　ところが、なにかきっかけがあって彼女に会うと、気持ちは特に動かないのですが、まるで昨日までいっしょにいたかのようなんです。あうんの呼吸でお茶をいれあったり、話したり、黙ったり、居眠りしてしまったり、長いつきあいが一瞬で復活するんです。

これが、体の言葉なんだと思います。体の言葉をたくさん交わしていたから、すぐに戻れる。その人がそばにいることを体感できる。家族も似たところがあるかもしれません。

そして、自然に出会ったり終わったからこそ、できることなんだろうなと思います。

もうひとつのケースを書きます。

私には大切な歳上の友だちがいてなんでも相談していたんだけれど、少し甘えすぎてしまったみたいで、彼女はどんなときでも大丈夫な人だと私は思い込んでしまっ

たみたいです。

あるとき、同じお店の中にいる人が彼女にからんできて、私はうまく彼女をかばってあげられませんでした。というのは、その人はひどく酔っていて彼女にどなった次の瞬間に、私には猫なで声で挨拶してきたので、びっくりして虚をつかれてしまって、私はぼうっとしてしまったのです。

傷ついた彼女はほんの少し私に不信感を持ち、そこに、利害のからんだ他の人が入ってきて、私と友だちでいるのはあまりよくないことだというようなことを、言ったらしいです。

☆

私たちは仲違《たが》いし、すっかり離れてしまいました。

私は何回か彼女に仲直りを申し込んだのですが、表面的にはうまく行っても、どうにもなりませんでした。

しかしあるとき、急に誤解がとけたのです。

彼女にいろいろふきこんでいた人が何かしらで彼女と離れ、冷静になった彼女はふと私に関する全てのことは誤解だったんじゃないかな、と気づいたようです。

久しぶりに会って晩ご飯を食べに行き、彼女の行きつけのお店で彼女は「この人は古くからの大事な友だち」と言いました。私は嬉《うれ》しくて、涙が出ました。

それ以来、会えばいつでも楽しく過ごしています。

このふたつのケースの、ひとつはなんで続かず、もうひとつはどうして続いたんだろう？　と不思議に思ったのですが、それはもちろんキャラクターの違いから来るってわかっているのですが、思い当たることがあります。

ひとつめのケースの友だちとは、長い時間を過ごしたぶんとにかくいろんなことをいっしょに体験したし、いろいろ話もしたんだけれど、「こう生きていきたい」「こうありたい」というような、価値観の話をあまりしたことがなかったな、と思うんです。

ふたつめのケースの友だちとは、いつもそういう話を

していました。時代の話や、この中でどう生きていきたいかの話。全然違うタイプのふたりなのに、話がつきることはなかったのです。

もしかしたら、そうやって励まし合うことのなかに、友情の大切な要素がたくさん入っているのかもしれないな、と今は思います。

このように、人生にはいろいろな形の友情があります。型にはめていかないでどれをも味わって大切にしたら、やっぱり人生は豊かに彩られる、そう思いませんか？

第四問

普通ってどういうこと？

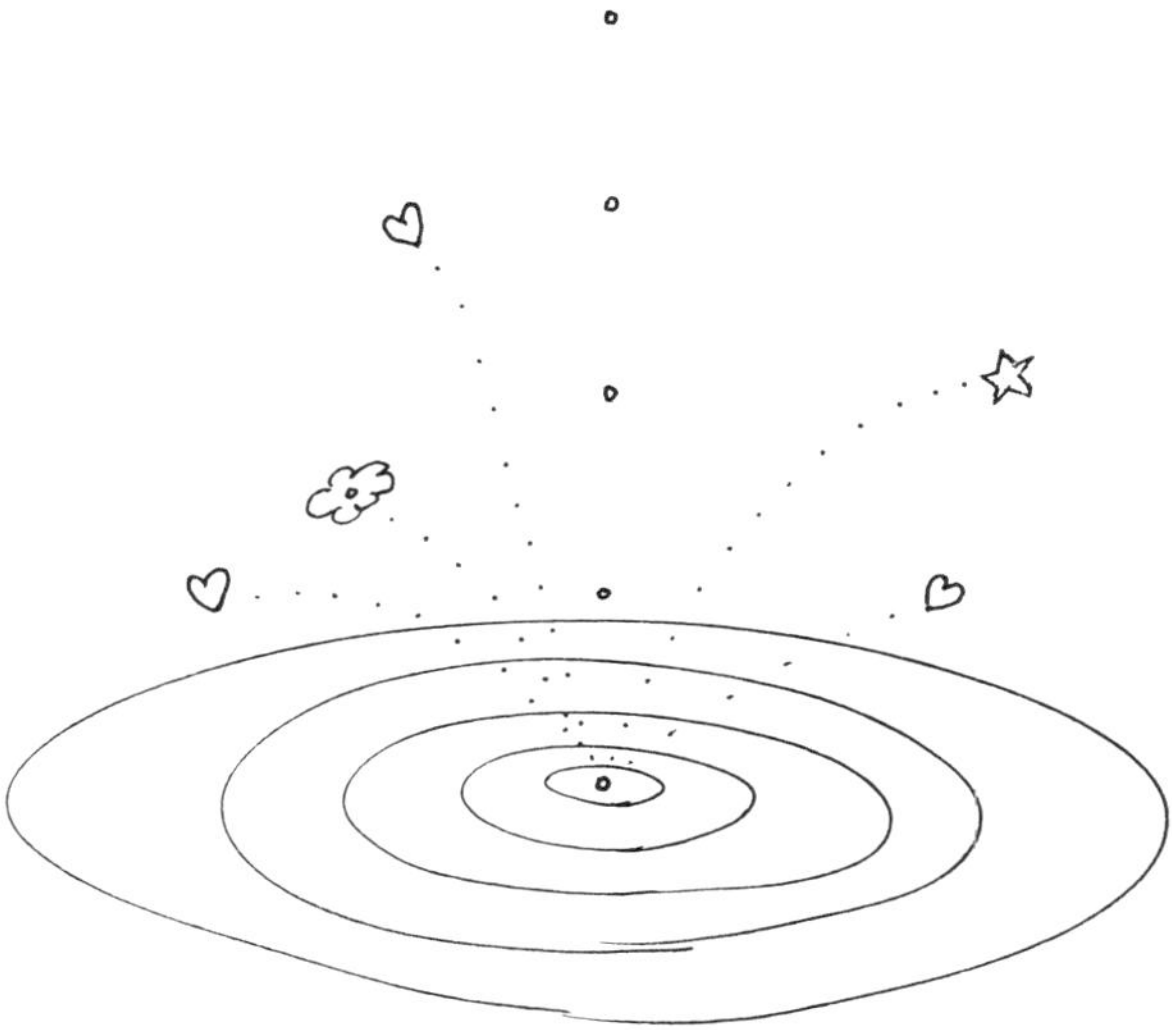

あまりにも普通でないものには、なにかしら違和感があるものだと思います。

それを小さくともしっかり感じられたら、次にそれを感じたときにもっと自分の中ではっきりします。他の人が何とも思っていないのに自分だけがなぜか楽しくない、みんなが大好きな人なのになぜか好きになれない、そういうことはいつでもあることです。

もしそれが人と違うことでも、あなたが生きていく上で相当に大切な情報がその中には入っているんだと思います。

例えば、よくニュースで見る殺人者は、最近では、ほ

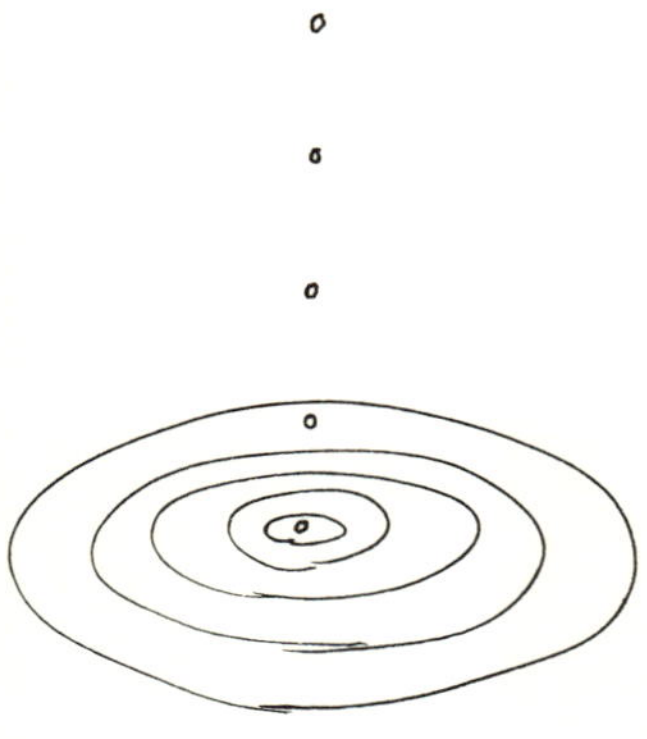

んとうに普通のかっこうをしています。さっきまで書店で隣りで立ち読みしていたような人だったり、電車で席が隣り合っていたような人だったり。きっと話をしたら、私だってあなただってきっとその人にどこか居心地の悪い違和感を覚えるのだと思いますが、見た目だけならあくまで普通の人です。

そんなふうに現代ではもはや普通の良ささえも失われてしまっているように思います。あくまで推測なのですが、きっとそういう人たちは普通である自分をなんとしても違うと、こんなふうだけれど普通ではない、と言いたかったのではないでしょうか。

だからこそ、自分の感覚がとても大事なのです。感覚はものごとの裏にあるなにかを見せてくれるものです。

また自分の感覚をほんとうに信じることができたら、きっと他の人にとがめられたり異様に思われないような「普通のふり」をある程度は他者への思いやりによってできるようになると思います。それでもいざというときゆずれない線が出てきたら、きちんと言えるようになります。

一方、普通にふるまっていたからといって、なにかから救われることなんて一切ないと思います。がんばって普通にしていたら、だれかがあなたにほんとうにほしいものをくれるということも養ってくれることも多分ないと思います。

私は、その人の全ては見た目に表れると思っています（もちろん、見るほうがしっかり見ることができる能力を持っていた場合ですが）。

だから、見た目から人を判断できる能力を磨くこともとても大切だと思います。

私は若いときから、映画やなにかで幼い頃観ていたカリフォルニアあたりの人のような服装が好きでした。今はブームもあり少し増えていますが、昔はそんな人はほとんどいませんでした。それで、町を歩いていると私はとても浮いて見えるようになっていました。特別に不思議な服を着ているわけではなくて、ほんのちょっと違うだけなんです。でも、そのほんのちょっとが浮いちゃうんです。

そこで、初めて気づいたんです。

私の服装はカリフォルニアにいたら、ほんとうに平凡な普通のかっこうなのに、日本ではちょっと違う人になってしまう。そのくらいみんな同じようになりたいんだ、それが日本人の特徴なんだ。

でも、はみだしてしまうのはしかたありません。逆に言うと、はみだしているからこそ、それをどんどん突き進められるし、極められる。それは服のことだけじゃなくて、小説家になるということもそういうことだったかもしれないです。

みんなからずれない範囲で自分らしいおしゃれを楽しみたい人のことを、ちっとも悪く思っていません。ただ、どうしても、はみだしてしまう人がいるということを認められる社会であってほしいと思うのです。服装でたとえましたが、もしもどうしても、たとえ自然にしていてもいつのまにかはみだしてしまうジャンルがある場合は、それが人をひどく傷つけたり殺したりするのではないかぎり、大切にしてほしいなと思います。

私の持っている異様な気配や濃さは、どうしてもお店などで店員さんにこわがられてしまいます。若いときは私がなにかおかしい見た目をしてるのでは？　と思ったくらいです。今は亡き父親によく言われました。「君の得体のしれなさが相手を怯《おび》えさせるんだ」と。

今でもそういう目で見られるときがありますが、そんなとき私が自分の職業を言うと、相手はほっとして近づいてきます。よくわからないものを、人はこわがるのです。だから普通でいたほうが安心だということなのでしょう。

でも、最後にひとつだけ。

私がどんなに得体がしれなかろうと、なにをしているかわからない人で気味が悪かろうと、職業を名乗らなかろうと、初対面からいつもオープンで明るく接してくれる人はいました。やがて私が名乗ると、人と違う職業の人だとは思っていました、と彼らは言い、それからの態度もオープンなままで決して変わらなかったです。そしてそういう人たちは必ずその職場で出世したり、幸せな結婚をしたりしました。

　だから、違和感を感じて身を守ることと、オープンであること、この一見相反することを同時に心がけてほしいな、と思います。そのことは、きっと普通に見えて普通でない、すばらしい世界にあなたを連れていってくれると思います。

第五問　死んだらどうなるんだろう？

死んだ人は生きている人の中にいる、という言い方を昔からよく聞いて、そんなことはない、死んだ人を思い出すということと、中にいるというのは違うだろうと思っていました。

つまり、きれいごとのようにとらえていたんです。

でも、あるところからは、自分の目が親の目になっていることがたまにあるということに気づいたのです。

このことは自分のエッセイ集にも書いたので、読んだ人がいたらごめんなさい。

私は母と決して仲良しではなかったんです。

もちろん嫌っていたわけではないんだけれど、相性が悪かったというか、距離のある関係でした。

母はとにかく姉が好きで、最初から最後まで姉っ子（？）でした。

たまに姉が外出して（でも、そんなことはめったになかったのです。姉が目の前にいないと母が大騒ぎするから、姉はいつも母と過ごしていました。そこがまたえらいなあと思います。私だったらなにがなんでも逃げ出してしまうと思う）、私が留守番にいくと、少しボケた母は三分に一回くらい「お姉ちゃんはどこ？」と聞くので、切なかったです。

で、私が自分で自分をえらいなあと思うのは、そういうとき決して感情的にならないで、「姉が今まであんなにも真摯《しんし》に母との関係を作ってきたんだから、そして私はいつも母から逃げてばかりいたんだから、これはまあ当然のことだ」と思えるところです。実際に「切ないなあ」と思いながらも、普通にそう思っていました。

最後のほうで姉がやはり出かけていたとき、様子を見にいったら母は汗をかいて暑がっていました。私は冷房の温度を調節して、部屋を少し涼しくしました。夏だったから、すごく暑かった。そして汗をふいて、お水を飲ませて、身体《からだ》をさすっていました。

「なんとかして」と母は言いました。

どんなときでも人に「なんとかして」と言う人だったなあ、と若いころの母を思い出しました。

陽気で素直に人に甘えて人に元気をあげる、勘の優れた人でした。愛情をこめて母をさすりながら、私はふいに「これ以上は愛せないな」と思ったんです。今持っている、この気持ち以上には愛せない、それが私の限界だ。たとえば母を抱き上げて、自分の家に運んで、どうしても自分が看病したい、そういうふうには思えないかもしれないな、そういう関係ではなかったな、そんな淋《さび》しい気持ちでした。私は心の中で、お母さん、ごめんなさい、と思いました。生んでくれてありがとう、身体が弱いのに精一杯育ててくれてありがとう。ここまでしかできなくて、ごめんなさい。

母が寝ついたので私は帰りました。ほどなく姉の友だちが様子を見に来て、そのあと姉が帰って来て、母はそれから数ヶ月生きたのです。

でも、なんとなく、そのあとも会ったにもかかわらず、私はあの日が母とのお別れの日だったなと思うんです。自分と母がはっきりと別れた、そんな日だったと思います。

ほんとうに最後に会った日は、もっと穏やかでした。

私の子どもが母の部屋でだらだらなにかを読んでいて、TVがついていて、母が寝ていて、子どもの様子を見ていたら、まるで私の子ども時代を見ているような感じでした。いい時間だな、と思ったのを覚えています。最後になるとは思わずさっと帰ってしまったけれど、あんなふうでよかったんだなと思います。

次に会ったときには、同じベッドの中で母はもう死んでいて、でもまだ頬《ほお》は温かく、単に眠っているようでした。ほんとうに整った死に顔で、きれいな人だったんだなあ、と改めて思いました。

人が四十九日くらいで天にあがるというのはどうもほ

んとうのように思います。

ある夕方、私は仮眠をとっていて、夢を見ました。

夢というか、夢と現実が混じっているような不思議なものでした。

私が寝ている部屋のすぐ外の廊下を、母が歩いているのです。

私はびっくりして、起きだしていきました。

母は亡くなったときより少しだけ若くなっていて、すたすたと歩いていました。そして私を見てそっけなく、

「こういうとこに住んでたのね」と言いました。

私にはわかりました。母はほんとうに泣きそうなとき、

そういう物言いになるのです。

「上も見てくるわ」

母は言って階段を上っていきました。

階段の上は真っ白に光っていて、母はその光の中に消えていきました。

私は泣きながら、行かないで！　と言うと、母は大きな声で、

「またね！」

と言いました。

起きたとき私は泣いていて、家の中はもう真っ暗で、
ああ、行ってしまったんだ、と私は思いました。数えて

みたらだいたい四十九日でした。

姉にメールしたら、わかる気がすると返事がきました。

母は死ぬ直前に、今日は調子が悪い、なんだかメガネが合わない気がする、と言っていたそうです。姉がメガネをかけなおしてあげて、お昼ごはんのトーストを焼いて持っていったら、母は息をしていなかったそうなのです。そしてその日、姉はそのときに冷凍してあった同じ一斤の食パンの最後の一枚を、感慨深く焼いて食べたそうです。なにかの区切りだなと姉も思ったそうです。

父に関しても似たことがありました。

父が亡くなって一週間後くらいに私はイギリスにいたのですが、不思議な夢を見たのです。

雀鬼《じゃんき》こと桜井章一《さくらいしょういち》さんが実家にいらして、やはり少し若くなった父がにこにこしていっしょにいるのです。

父は食べることが大好きだったのですが、亡くなる直前は目も見えず、あまり食べることができなくなっていました。

父が桜井さんに「なんだか少し見えるようになってきたし、食べられる気がするんです」と言い、

私は夢の中で「それは死んだからだよ……」と思っていました。

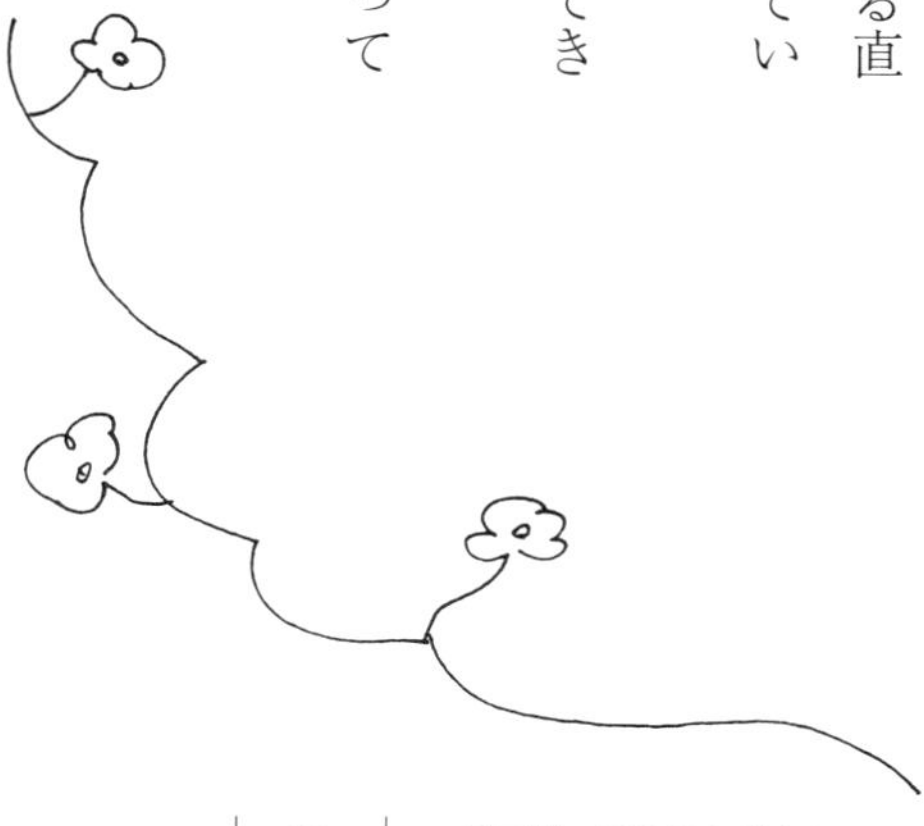

するとと桜井さんが「ええ、今はもう少し召し上がれるんじゃないですか?」とおっしゃいました。その感じがもうほんとうに優しく、なにかを諭すようだったのです。

勘のいい父ははっとしたような顔をして、

「まほちゃん(私の本名)、この方は?」

と言いました。

私はあわてて、桜井会長がこれまでしてきたことのすごさを伝えようとしました。

「この人は麻雀《マージャン》で二十年間無敗で、それだけでなくて若い人にいろいろなすばらしいことを教える道場をやっていらして……」

すると桜井さんが私をさえぎって、

「いえいえ、いいんです。ばななさん。お父さん、私はばななさんのお友達ですよ」

とおっしゃったんです。

そこで目が覚めて、自分がイギリスにいることにびっくりしました。そのくらいリアルな夢だったんです。

そしていちばんすごかったことは、同じような夢を、桜井さんも見ていたそうなのです。

死んだ人はきっと、四十九日以内は自分が死んだことがわからなくて、そうやっていろんなところに行って、みんなにお別れをしたり、生前のまま過ごしたりして、

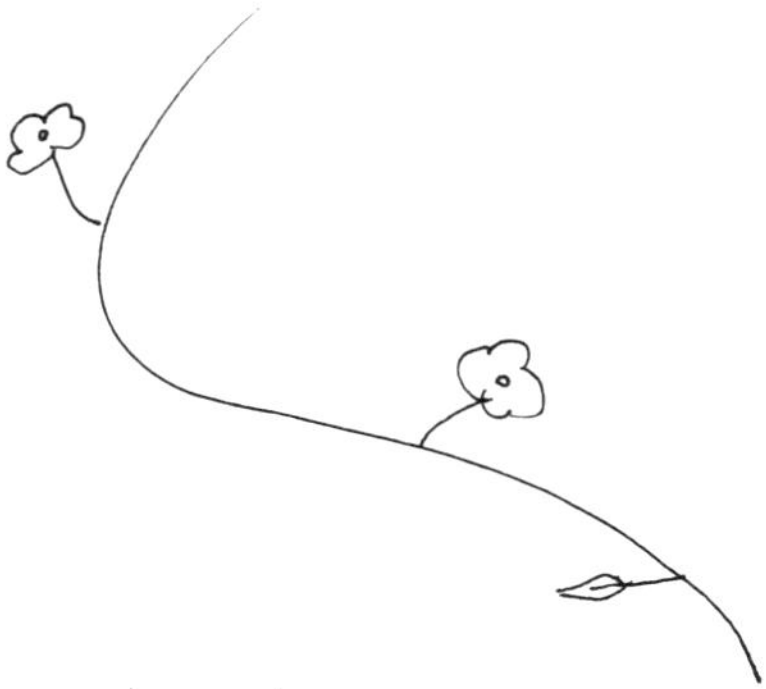

そこにいるんだと思います。

だから、その期間はたくさん泣いたり、話しかけたり、お礼を言えば伝わると思います。

そのあとはきっと、天に昇って、たまにこちらに思い出したようにやってくるのでしょう。時間の流れもきっとこちらとは違うような気がします。だから、死んだらどうなるか、死んだ人が見守っているかどうかというよりも、私はその体験の全部を大事に思っています。きっとたまにふっと別の世界と私たちの世界が接することがあるんじゃないかなあと思っています。

死ぬのはとてもこわいけれど、私はそういうことを確

かめることができるのかなあ？　と思うと、ほんの少しだけ楽しみなところがあります。

そして不思議なことに、亡くなった人たちは私のことを上のほうから見ているわけではなくて、そばに来るときは、なんとなく自分の内側にその人の目があるような気がするんです。

いっしょに生きていくというのは、親たちを思い出したらそこにいるということではなくって、そうやって亡くなった人たちの魂のかけらとひとつになるということだと思います。

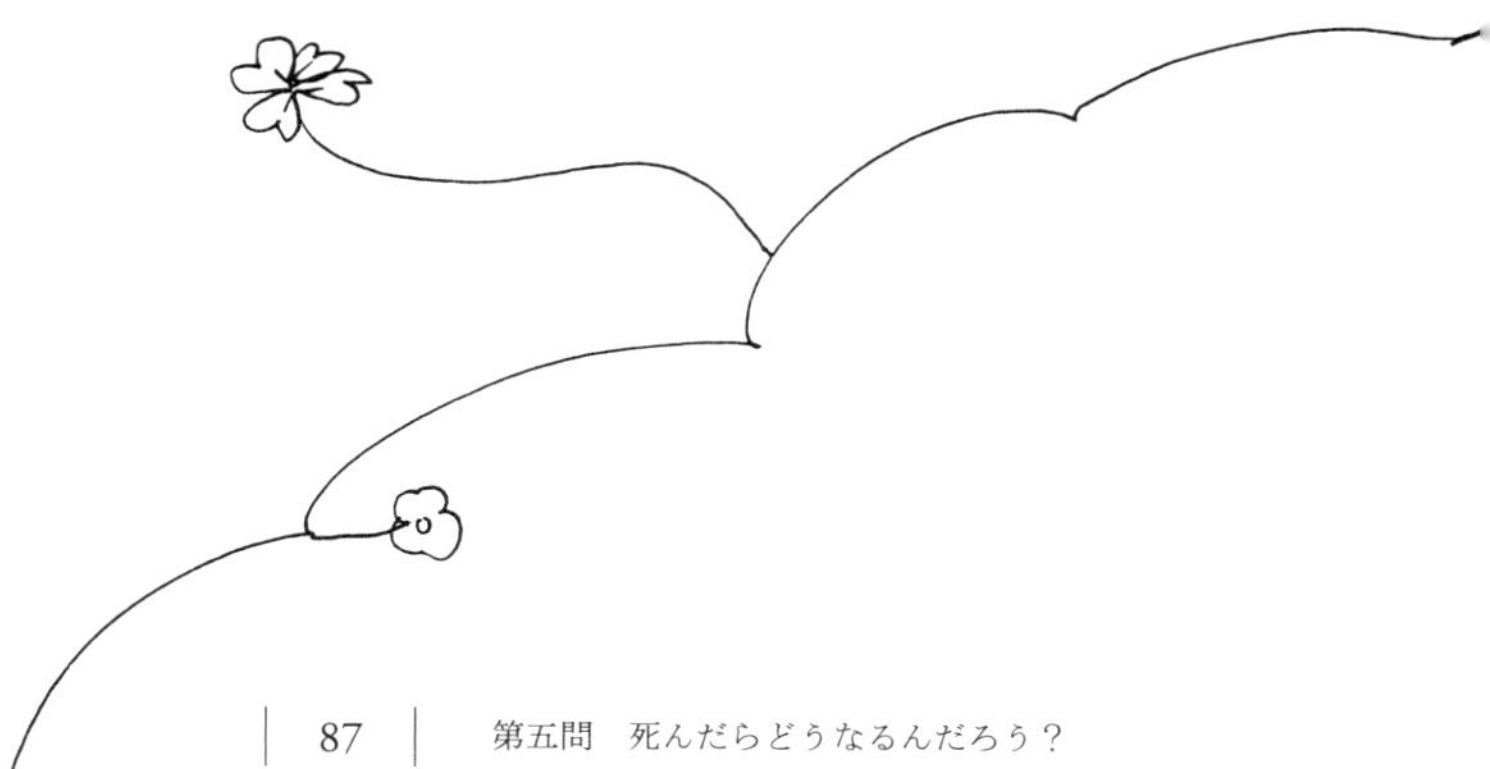

想像ですが、亡くなった人たちがもしそのへんにいるとしたら、私たちがなにかと空を見上げたりお仏壇やお墓に手を合わせて言葉をかけているのを見て、ここにいるのに、とすぐ後ろでぷっと笑っていると思います。

今は困難な時代で、自殺をする人も少なくありません。自殺というのは、心の中に愛の貯金がなくなったときにするのだと私は思っています。愛というのは生易しい意味の愛ではなく、愛という名のエネルギーのことだと私は解釈しています。

人生の初めに親からたくさん愛をもらっていると貯金

はなかなかなくなりませんが、そうでないとなにか困難なことがあったときに一気にエネルギーがなくなってしまいます。そこから這《は》い上がるのは簡単なことではありません。

だからこそ、私は自殺をしないでほしいと思うのです。愛の貯金を人にも与え、自分が成長することを学ぶために、せっかく生まれてきたので、なくなった貯金をまたためていくには、生きているしかないんです。

しかもこの愛の貯金のいいところは、与えることでも貯金がたまるということです。

それからひとつほんとうに言えることは、好きな時間

に寝たり起きたり、思う存分ネットを見たりするのは、健康なときにしかできないことだということです。

手術で胃を切り取った人が急にステーキを食べたりできないのと同じで、不摂生は健康でないとできないんです。

だから、自殺が近づいて来たなと思ったら、落ち着いて生活を整えてください。朝は決まった時間に起き、なるべく体を動かし、眠れなくても早くふとんに入ってください。インターネットに費やす時間も制限し、淡白で良質なものを食べ、煩雑な人間関係やお酒とか性欲にはあまり近づかないで、貯金を取り戻すのです。

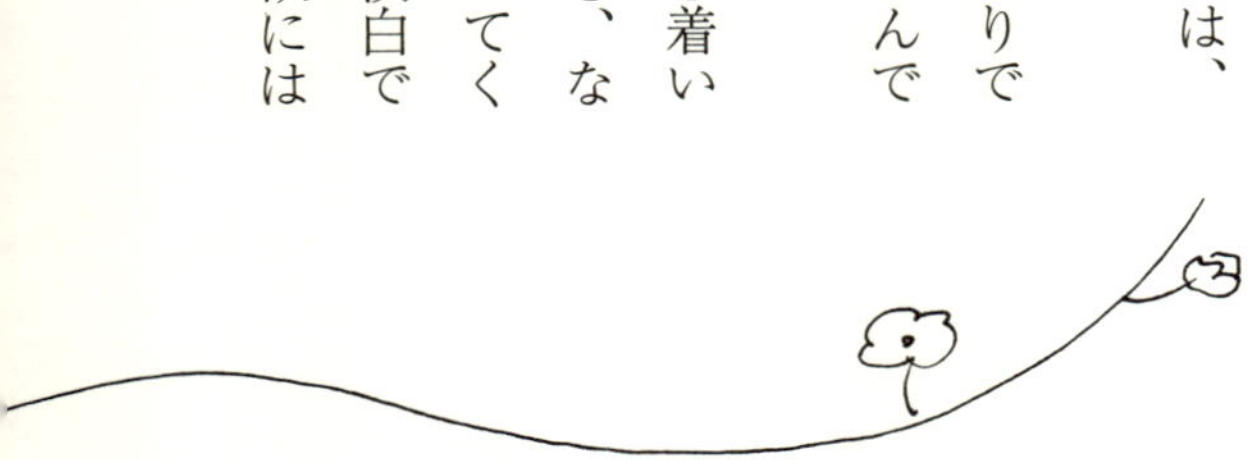

そうしたらまたいくらでも楽しく不摂生できる日が来ます。

今いちばん楽しいことが、食べること、飲むこと、ネット、夜更かしなんだから生きがいを失うと思うかもしれないですが、生命エネルギーがたまるまでのほんのしばらくのことなので、できるはずです。

これは生涯を通して役立つ教えなので、若い人にも伝えておきたいです。

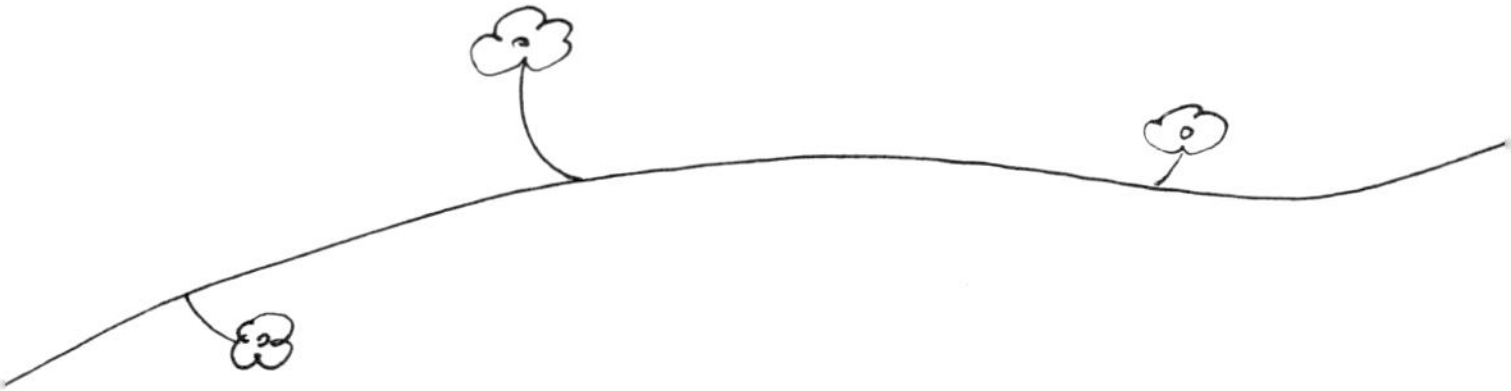

第六問

年をとるのはいいこと？

まず、歳上の人は偉いと簡単に思ってしまうと、いろいろなことがうんと楽になります。

とりあえずひとつでも年が上なら、いちおう礼儀正しくふるまい、どんどんおごってもらいましょう（笑）。

そして歳下の人たちにはおごってあげましょう。

私はその文化が割と好きなので、変えなくてもいいと思い、自分では採用しています。でも人それぞれ好みがあると思うので、自分の属しているグループ内で調整してください。


私は、おばさんになったらおしゃれもしなくなるし、

体型も崩れるし、あつかましくなるし、声も大きくなるし、豹柄《ひょうがら》など着るようになり、人生は終わってしまうのではないかと思っていました。

でも、そんなことはなく（一部そうなっているのは否めないけど……特に豹柄と体型）、自分のことが自分でよくわかるようになるから、どんどん楽になっていくのです。

行きたくないレストランも、飲みたくない飲み物も、着たくない服もわかってくるし、もっと言うと会いたくない人もわかってくる。そうすると自分で自分の人生を創造することができるようになる。

だいたいよく考えてみたらわかると思うんだけれど、子どもってちっとも自由なんかじゃないです。基本的に親と学校の枠のなかで考えなくちゃいけないのだし、経済的にちっとも自由がない。暮らし方も選べないし、友だちも知っている範囲で見つけるしかない。今からあの時代に戻れと言われたら冗談じゃないと思うと思う。あふれるエネルギーがその不自由さを補っているだけで、ちっとも楽でも自由でもない。

それでも若いころの自分の写真を見ると、しみじみと思うのです。

なんてきれいな体の線、なんという元気さ、回復力、体力！　この頃にしかできないことをもっとやっておけばよかった、と。

この頃の自分はそんなことを知らず、先になればなにかもっといいことがあるはずだと思って、いろいろなことを制限していたのです。もっとビキニを着たり、派手な化粧をしたり、バカ食いしたりすればよかった。けっこうしてたけど、もっともっと。

そして、はっと気づくのです。

そうか、あと十年か二十年後の私が見たら、三十年後に生きているとして健康でなかったりしたら、今の私に

対して、全く同じことを思うに違いないんだ！　と。
だから、今できることは目一杯。
それが未来の自分自身からのいちばんだいじなメッセージだと思います。
そのことをほんとうに理解することが、大人になるっていうことかもしれません。

第七問　生きることに意味があるの？

この年になったら、さすがにわかってきました。

生きることには意味があります。確信を持ってそう言えます。

それは、死んだらほんとうになにもかもなくなってしまうからです。実感が無なのです。

ついさっき亡くなった人にも命があると書いたのに矛盾しているようですが、もう体がなくなってしまうということは、おいしいものを食べておいしいと感じたり、泣いたり、笑ったりできないということです。無になってしまいたいと言いたい人がたくさんいるでしょうけれど、やりきらずに無になって後悔しない人もいないでし

ょう。

水を飲んで喉《のど》をうるおすことも、涙が熱いことも、感じなくなってしまいます。

私だったら小説を書くためにキーボードを打つこともなくなるし、座りっぱなしで腰が痛くなることももうなくなってしまう。

それを無と呼ばずして、なんと呼べましょうか。

ではなにをするために人は生まれてきたかというと、私は、それぞれが自分を極めるためだと思っています。

人がその人を極めると、なぜか必ず他の人の役に立つようになっています。そんなふうに人間というものはで

きているんだと思います。

　辛《つら》かったり、苦しかったり、面倒だったりするのは、充分に生きていない状態だからです。そして充分に生きていない状態にあると、同じように充分生きていない人ばかりがまわりにいるので、世界中はこんな感じだと思ってしまうのです。

　充分に生きるということは、ほんとうにたいへんなことです。いつもリラックスしながらも内側が研ぎすまされていないと命に関わるような、そんな毎日なんだと思います。私もたまにしか経験しない境地なので「思います」と言ってしまうけれど、次から次へと来る波に乗り

ながら、体をちゃんと立てて、判断して、でも心は静かにある……そんな感じでいると、どんどん人はその人の本来の姿になっていきます。その中でも試練はあるけれど、波に乗りながら乗り越えていけるようになります。

サーフィンと同じで、そうなるにはたくさんの練習が必要です。はじめはよちよちとボードを持っていろんな規則に縛られながらなんとか海に出ていた初心者サーファーのように。

いろんなパターンがあります。

生まれながらに海とたわむれ、親もサーフィンをやっていたようなサラブレッドみたいな人もいれば、歳を取ってから初めて海を知って猛烈に練習した人、恋人の影響でなんとなく始めて好きになった人……どれもみな尊いその人だけの道のりなんです。優劣もない。

ただ、いろいろな価値観から自由でないと、その人本来の姿にはなれません。

そしてみんなが本来の姿になってしまったら、困る存在というのも社会にはいるのです。だから学校や会社があると言っても過言ではなく、今の学校は、みんなで会社をやっていくための練習場みたいなものです。ただ、ここで誤解しないでほしいことは、会社にいても本来の姿になることは不可能ではないということです。

個人で自分を極めるか、会社という組織を利用し、利用されながら大きな規模で自分を極めるか、それもまたその人次第なんだと思います。

第八問

がんばるって何？

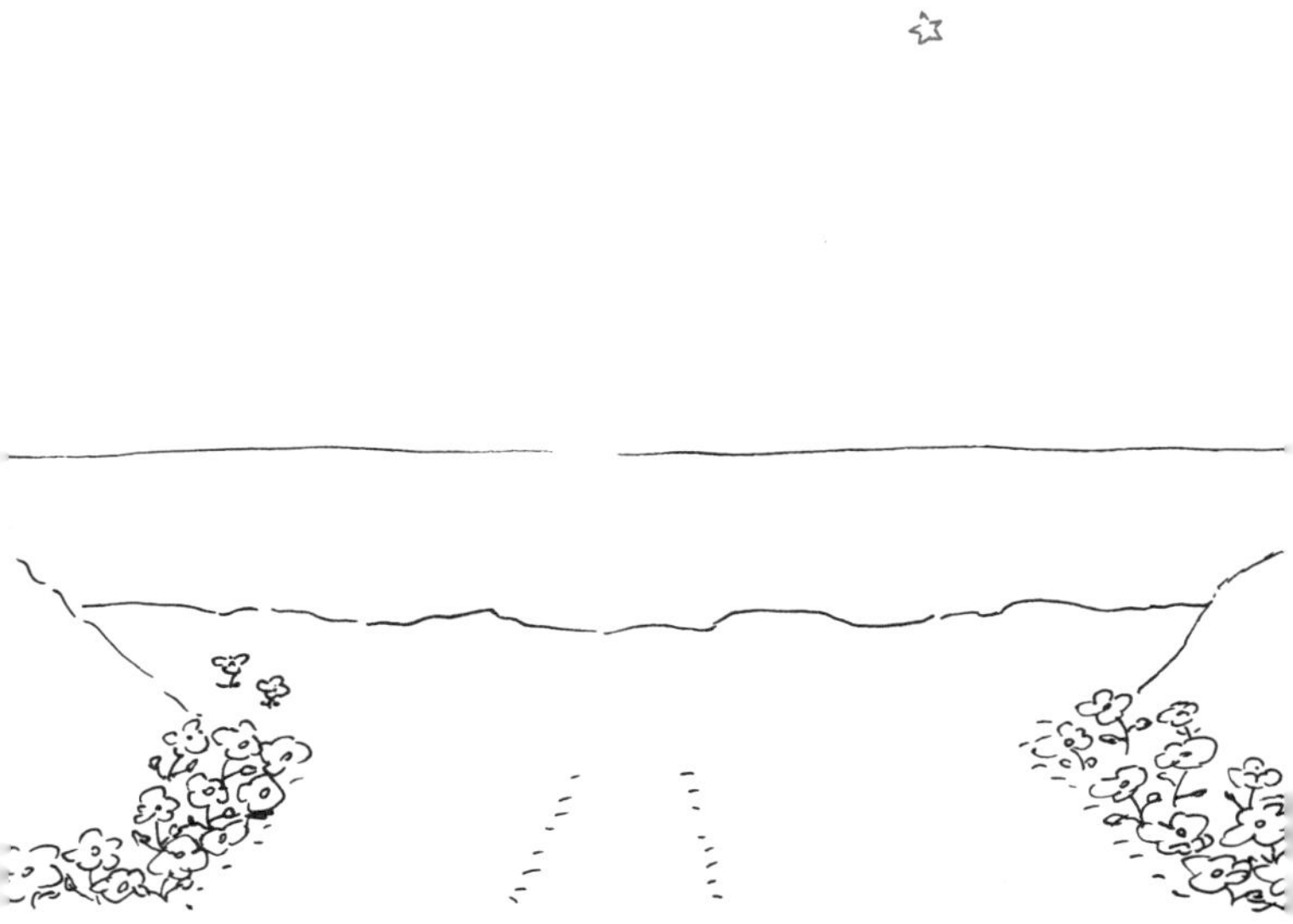

がんばるという言葉、今はあまりよくとらえられていないけれど、私は大好きなんです。

ちょっとくじけそうになったときに「がんばるぞ！」と明るい声で言ってみると、それだけで空気が変わります。ちょうど勉強や仕事で夜中まで起きていて、眠くなったから窓を開けてみたら新鮮な空気が入ってきたときみたいに。

ただ、もし人にがんばれと言った場合は、もしその人ががんばらなかったからといって、あるいはがんばったけれど全然だめだったからといって、なにも言うべきではないと思うんです。

「がんばれ」はほんとうにお祈りと同じで、言ったら言いっぱなしでいいんだと思います。

そしてがんばる側としては、そのがんばりを目盛りみたいに思っていればいいんだと思います。

ああ、がんばったけどこのくらい、これが今の自分だな、と計るための目盛りです。

それがわかっていれば、そのうち「あまりがんばらなくてもできるくらいのところに、自分の実力がある」ということがわかり、自分の人生の組み立てがしやすくなります。

それががんばるの効力であり、それ以上でも以下でもないです。

また「がんばれ」と言われたときに、自分がどう感じるかもとても大切です。

抵抗を感じるのか、嬉《うれ》しい励ましに思えてくるのか。追いつめられたような気持ちになるのか、あと一歩を行ける勇気がわくのか。言われた相手にもよるし、状況にもよる。

それがまた、ちょうどいい目盛りになるんですよ。自分のことを知るための。

もしも「賞を取れなかったね」「がんばらなかったん

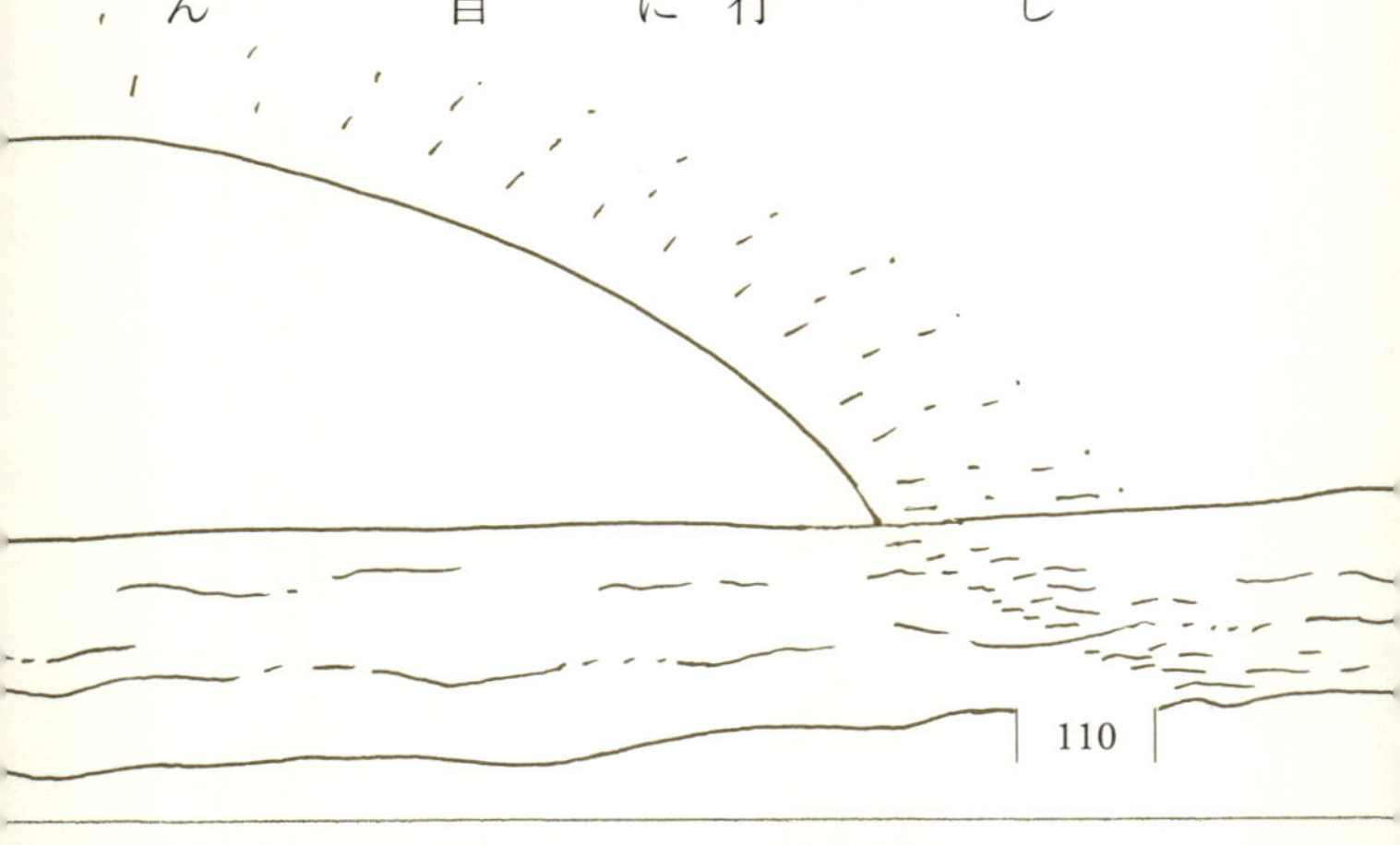

じゃないの、もっとがんばれたんじゃ」「一等でないとがんばったとは言えないよ」などというたぐいのことを言う人がいたら、自分の胸の内に聞いてみて、堂々と答えましょう。

「私にしてはベストをつくしたから、がんばったと思う」

「実はあのとき、少し手を抜いてしまったから、そこは確かにそうだったと思う。今後に生かしたい」

「反省点はあるけれど、自分なりにはよくやったと思える」

「確かにどうしてもがんばれなかった、自分はこのこと

が好きじゃないんだと思う」

そんなふうに伝えれば、相手もいつかはわかってくれるし、なにより自分が自分を好きでいられますからね。

〈インタビュー〉将来を考える

「将来」のことを考えるということは、○○になりたいという「夢」のことだと思う人は多いでしょう。

たとえば、自分は人より少しかわいいし、少し歌も上手《うま》いからアイドルになりたい、なれるんじゃないか……とか。

もちろん可能性はゼロではないけれど、アイドルになるような人は、小さい時から人を集めて歌っていたり、かわいくて注目されたりしています。気がついた時にはとっくに道ができていると思うんです。

夢を持つということは素敵なことですが、何もないところに道を作るのは大変なことです。そういう意味で、自分の身の回りや興味の範疇《はんちゆう》にないものを将来像として願っていても、あまり現実的ではないように思います。それに、今まで自分が好きだったことやものを全部否定することにもなってしまいます。

私は基本的に、それはあまりしてほしくないと思っています。これまで自分が積み上げてきたものが、今の自分を作っているので、それを生かすということにもっと目を向けてほしいです。

なぜ自分はここに生まれたのかとか、どうして自分はこれが好きなのかとか、自分の身の回りから考えていくと、将来というのは、そんなにうすぼんやりしたものではなくなってくるように思います。

たとえば、身近なところに将来の職業があるという意味で、親の仕事は継ぎやすいということはあると思います。もともとあるものに関して、人は意外とありがたみを感じないものですが、大変さも含めて雰囲気を知っていることは強みです。

自分の好きなことを見つけたり、知ったりすることは、とても大切なことです。どこまで好みを貫くかも自分で決めていくことだから大事です。

将来やりたいことを探すためには時間が必要です。自分の向き不向きを見極めていくのはいくら早くてもいいんです。夢と自分との距離が開き過ぎていると難しいと思うし、それでも切り拓《ひら》ける人はいるけど大変です。

何事も一日にしてならず、ですから。少なくとも今まで積み上げてきたものがどんな人にもあって、十歳には十歳の、十五歳には十五歳の積み重ねがあるでしょう。それを親にお願いしてでも見てもらってほしいし、自分でも見つめてほしいです。それだけでも相当なことが分かると思います。もうその人の得意なことは十歳でも明らかに出現していますから。

そうやって、小学校、中学校、高校と将来のことが、だんだんとリアルになっていくのが理想的な形なのかなと思います。

本当に自分にぴったりの仕事というのも、探していけば必ずみつかります。

ある程度の年齢になると人間は得意なことに逃げるようになるんです。そうすると得意なことがだめになっていきます。上手くいかないことを得意なことで解消するというサイクルに陥ってしまうと、得意なことが得意でなくなっていくし、楽しくなくなってしまいます。

例えば、介護の仕事が得意で、自分は高齢者のお世話については群を抜いていて、周りの人望も厚いという人がいるとします。その人に「私生活はどうなの？」と聞いた時に、仕事が充実していて忙しいし、私にはおじいさんおばあさんがいるからいいのと。結局、何かひとつのことに特化した人というのは、応用がきかなくなってしまうんです。極端なことを言うと、おじいさんおばあさんとは楽しく話せるけれど、同世代の異性とは口がきけないとか。

自分の得意な世界しか知らないと、悩み事があっても、他の角度から見ることができなくなってしまいます。そうするとだんだん、得意なことが先細りになっていって、せっかくの才能がものすごくもったいないなと、最近、私はいろんな人を見ていて思うんです。

今の世の中はこうでなければダメとか、強くいったもの勝ちとか、その人が持っている自信を奪っていくことがいっぱいあります。だから、得意なことを強化して、自信を持てるようにという、その努力自体は間違っていません。

世の中があまりにも世知辛くて、外に行くと自信を失うから、自分の得意な枠の中で安心していたいという思いが一層強くなっていると思うんです。それは誰にでもある心理だから分かるけど、そういうふうにどんどん逃げて、依存するようになると、どんどん弱っていきます。自分を甘やかすことにもなってしまいます。そうやって人生のバリエーションが、少なくなっていくのはつまらないことだと思います。

なるべく小さいうち、若いうちに万遍なくいろんなことをやっておいて、苦手なこともやってみて人にとことん笑われるとか、好きだけど向いてないとか、そういうことをいっぱい経験しておくことも大切だと思います。

そうすると大人になってから、本業のほうも上手くいくようになるでしょう。

私は幼いころから作家になると決めていたので、作家になる前の時期、みんなが当たり前のようにしていること——学校に行ったり、勉強したりすること——に何の意味があるのか分からなかったんです。

でも、若くして作家デビューした時に、人生経験が圧倒的に少ないと感じました。就職もしていなかったし。何とかしなければと、いろんな人に会いに行ったり、旅に出たりしました。人に会うには、服装や振る舞い、礼儀正しさなど気をつけないといけないことがたくさんあって、そういうことも勉強になりました。お金は少しかかりましたけどね。でも、人生の幅を広げるためだったので後悔はしていないです。

私は小説を書くのが好きだし、書いていたらいくらでも時間が過ぎていってしまう。だから、あの時、家で書き続けるばかりだったら、私の小説はどんどん先細りになっていったと思います。あのお金を全部貯金していたら、生活には困らなかったかもしれないけれど、小説には困ったでしょうね。新しい場所に行くとか、新しい人に会うというのはすごいことで、自分を強くしたし、あの体験があったから、いろいろな層の人たちを書くことができるようになったと思います。

世界は広くて様々な仕事があり、いろんな考えの人がいます。一人の人間が直接体験できることは限られているので、他の人と会って、その人がやっている仕事を見て、想像していたのとは違うな、と思う瞬間をたくさん持つのがいいことだと思います。そういうのを見に行ってみるだけでも面白いし、世界が広がって、謙虚になれます。

自立というのは、お金のことではない気がします。お金をちゃんと稼いでいて、親と別に暮らしていても、全く親離れしていない人はたくさんいます。状況が自立していても、それを自立とは言わないんじゃないでしょうか。

私が考える自立は、親や兄弟姉妹に、何も言わないで問題を解決したことがあるかどうかだと思います。親の代わりに友達に相談してもいいけれど、そのことを親にも兄弟姉妹にも言わない。そういうことがいくつかできた時が自立なんです。

それはそんなに若いうちにできなくてもいいんです。

私も、親にいちいち言わなくても大丈夫だなと思ったあたりで自立した感じがします。今振り返ってみると四十歳くらいになってからでした。自分だけで立って歩いて行こうという意志があることも大事だと思います。でも一生自立しなくてもいい人もいるので、そこは強いて頑張れよとは思いません。

ただ、自分にとっては自立できたことはよかったなと思っています。豊かな感じがするんです。自分の世界を広げて解決していく感じが。最終的には親の顔を見るだけでいいやっていう。そういうところで初めて自立して大人になったというのかもしれません。

最後に、仕事とは別に、楽しいことや生きがいというのも大切で、そういうものも必要です。仕事だけやっていたら、人生が楽しくなってしまうから。本当に先細っていっちゃうと思うんです。そういう全てがつながって、いろいろなことが豊かになっていくというのがいちばん良いイメージです。

ちくまプリマー新書

ちくまプリマー新書

169 「しがらみ」を科学する
――高校生からの社会心理学入門
山岸俊男
社会とは、私たちの心が作り出す「しがらみ」だ。「空気」を生む社会そのものの構造を解き明かし、自由に生きる道を考える。KYなんてこわくない！

043 「ゆっくり」でいいんだよ
辻信一
知ってる？　ナマケモノが笑顔のワケ。食べ物を本当においしく食べる方法。デコボコ地面が子どもを元気にするヒミツ。「楽しい」のヒント満載のスローライフ入門。

054 われわれはどこへ行くのか？
松井孝典
われわれとは何か？　文明とは、環境とは、生命とは？　世界の始まりから人類の運命まで、これ一冊でわかる！　壮大なスケールの、地球学的人間論。

021 木のことば　森のことば
高田宏
息をのむような美しさと、怪異ともいうべき荒々しさをあわせ持つ森の世界。耳をすますと、生命の息吹が聞こえてくる。さあ、静かなドラマに満ちた自然の中へ。

214 今こそ読みたい児童文学100
赤木かん子
知らないと恥ずかしい古典も。図書館に埋もれている名作も。読まずにいるのはモッタイナイ！　物語の世界に心ゆくまでひたれる、選りすぐりの百冊を紹介します。

chikuma primer shinsho

ちくまプリマー新書238

おとなになるってどんなこと？

二〇一五年七月十日　初版第一刷発行
二〇二四年二月十日　初版第二十一刷発行

著者　吉本ばなな（よしもと・ばなな）

装幀　クラフト・エヴィング商會

発行者　喜入冬子

発行所　株式会社筑摩書房
東京都台東区蔵前二-五-三　〒一一一-八七五五
電話番号　〇三-五六八七-二六〇一（代表）

印刷・製本　株式会社精興社

ISBN978-4-480-68942-9 C0295　Printed in Japan

乱丁・落丁本の場合は、送料小社負担でお取り替えいたします。